彼とチビとひとつ屋根

Hikaru Masaki
真崎ひかる

CHOCOLAT BUNKO

ILLUSTRATION 北沢きょう

CONTENTS

《0》

開け放してある窓から、大音量の蝉《せみ》しぐれが流れ込んでくる。

意識が浮上すると同時に、うつらうつらと眠りに漂っているあいだは忘れていた暑さが、ドッと押し寄せてきた。

噴き出した汗が首筋を伝い、畳《たたみ》と接している背中にTシャツがべっとりと張りつく。

それでも心地いい微睡《まどろ》みを手放すのは惜しくて、薄く開いた瞼《まぶた》を再び伏せようとした。

「……ん」

急に、どうしたのだろう。滞《とどこお》っていたぬるい空気を循環させる風が、そよそよと髪を揺らす。

気持ちいい……な。

颯季《さつき》は、自然と唇に微笑を滲ませて瞼を震わせる。

普段の半分もない、覚醒しきっていないぼんやりとした視界に、こちらを覗き込む人影が映った。

十六も歳の離れた異父姉にそっくりだと言われ、中学生になっても女の子と間違えられることさえある自分とは正反対の、きりりとした瞳の男らしい端整な顔。

眠りから醒めきらないぼんやりとした頭でも、この人物が誰かはわかる。警戒する必要など皆無《かいむ》の、大好きな人だ。

その顔が、いつになく近づいてきて……視界が暗くなる。

状況を確認しようと、ハッキリ瞼を開こうとした瞬間、なにかがふわりと唇に触れ……た？

颯季がピクリと身体を震わせたことが伝わったのか、風かと錯覚するほどさり気なく唇をかすめたものは、瞬時に離れていく。

「宗《そう》……士郎《しろう》？」

かすれた声で、ポツリとその人物の名前を口にした。

十三歳上の宗士朗は、姉が結婚した人の弟で……血の繋がりはないけれど、大切な家族であり大好きな人だ。

たとえ、宗士朗の心の中にいるのが……でも。

「す……き」

自分の声で、浅い眠りから目が覚めた。

ハッと目を見開くと、たった今、颯季を覗き込んでいたらしい人物が身体を捻《ひね》るようにして顔を背けるところだった。

「あ、あれ？　今、なんか……口、触らなかった？」

「……扇風機《せんぷうき》をつけた。空気が動いたから、そう感じたんだろ」

「そ……っかな」

確かになにかが触れたと思うのに、躊躇《ためら》う気配もなく否定されてしまうと、自信がなくなる。

どんな顔でそう言っているのか知りたいのに、彼は疑問に答えつつも、颯季と目を合わせようとしない。

こちらを見てほしくて、頭に浮かんだことをそのまま口に出した。

「チュー……しなかった？」

「寝惚《ねぼ》けんな、アホ。風だろ」

ポツリと尋ねた言葉を、即座《そくざ》に否定された。

目を合わせないまま、長い腕を伸ばしてきてグシャグシャと髪を掻き乱す。視界を遮る前髪が邪魔《じゃま》で、彼がどんな表情をしているのか窺うことはやはりできない。

どうしても顔を見たくて、触れられることは嫌ではないけれど、頭を振ってその手から逃れた。

ようやく目が合った宗士朗は、見事なまでにポーカーフェイスだ。

「でも、宗士朗……」

惑いながら呼びかけた颯季の小さな声は、唇に触れたものの正体と言われた風の発生源……扇風機の羽根が回転する音に紛《まぎ》れてしまい、彼の耳まで届かなかったようだ。

「このクソ暑い部屋で、よく昼寝ができるなー。なんかおまえ、うにゃうにゃ寝言を言ってたぞ」

「……寝言」

そういえば、眠りから覚める直前になにやら口走った記憶がある。

なんだったか……宗士朗の名前と、『好き』……と？

「あ、おれ……なんか変なこと、言った？」

それに対する宗士朗のリアクションは？　と恐る恐る横顔を目にしても、特に変わった様子はない。

「だから、うにゃうにゃだって」

「うにゃ……」

宗士朗は、うにゃうにゃ言っていたと笑ったのだから、颯季の「好き」はハッキリと言葉になっていなかったようだ。

宗士朗への『特別』な感情に気がついたのは、つい最近だ。

この想いは、決して気づかれてはいけないと思っているし、告げたいとか成就《じょうじゅ》させたいと考えたこともない。

颯季が好きだなどと言えば、宗士朗を困らせるだけだ。

それに、宗士朗の心の中には……。

「代わりでも、いいけど……な」

うつむいて、唇を指の腹でそっと撫でた。

宗士朗が触れてくれるのなら、代わりにしてくれてもいい。

そう、自《みずか》ら言い出すのは浅ましいとわかっているから、扇風機の音に掻き消される小さな声でつぶやくしかできないけれど。

「颯季、喉渇いてるだろ。カルピス飲むか?」

「うん」

転がっていた畳から上半身を起こして、コクリとうなずく。

宗士朗に言われて初めて自覚したけれど、寝ながらたっぷり汗をかいたせいか、喉がカラカラだ。

颯季と目が合った宗士朗は、ニッと笑って冷蔵庫のあるキッチンスペースを指差した。

「ってわけで、俺のも一緒に作って。お子様仕様の激甘じゃなくて、氷たっぷりの薄いやつ」

「……宗士朗が作ってくれるんじゃないんだ」

「そこまで甘やかさねーよ。つーかおまえ、いつから俺のこと呼び捨てにするようになったっけ。ちょっと前まで、可愛く『宗兄ちゃん』って言ってたのにさー」

「さぁね。本当に兄ちゃんじゃないんだし、いいだろ」

「生意気だなー、中学生！」

眉を顰《ひそ》めて苦笑した宗士朗は、拳《こぶし》で軽く颯季の頭を小突いて「カルピス待ってるぞ」と要求してくる。

「もー……仕方ないなぁ」

渋々を装って立ち上がった颯季は、密かに安堵の息をついた。

普段と変わらない笑顔で、いつもと同じように話してくれる。やはり、颯季の「好き」は宗士朗に聞こえなかったのだ。

いつから、名前の呼び方が変わったか？

……ただの家族、兄などと、思えなくなった時からだ……なんて、言えない。

《一》

時間の感覚が乏《とぼ》しい。

今日も明日も、一週間後も。

なにも変わらない毎日が続くのだと、『当然』を疑ってもいなかったのに、自分を取り巻く世界は激変してしまった。

次から次へと、しなければならないことが押し寄せた慌ただしい数日が過ぎると、途端に空虚《くうきょ》な時間が訪れる。

眠り込んだ小さな甥《おい》っ子を別室に敷いた布団に寝かせた颯季は、彼が目覚めればすぐにわかるようドアを開けたまま居間に戻った。

床のラグに座っている幼馴染みが、戸口に立った颯季を見上げてくる。

「昇吾《しょうご》は寝たのか?」

「ああ」

答えながら壁の時計に視線を向けた颯季は、驚いて目をしばたたかせる。

十時を少し過ぎたところだ。いつの間に、こんな時間になっていたのだろう。

「もうこんな時間か。遅くまでつき合わせて、ごめん。ありがと。泰知《たいち》、紗羅《さら》を送って行ってよ」

幼馴染み三人組と、なにかと纏《まと》められている自分たちだが、紗羅は一応年頃の女の子だ。いくら慣れ親しんだ町内とはいえ、この時間に独り歩きさせるわけにはいかない。

どちらにしても、紗羅の家は泰知の家とここの中間あたりに位置する。意図せずとも通りかかるのだから、泰知も当然そのつもりだろうと思っていたけれど……ほんの少し眉を顰めて、颯季の案に不満を示した。

「俺、今夜はここに泊まってこうと思ってたんだけど」

そう口にしながらチラリと紗羅を見遣った泰知に、紗羅は颯季を見上げて「ハイ」と手を挙げる。

「泰知が泊まるなら、あたしも。今夜は仲間外れにさせないから」

「あ、やっぱそうくる？」

キリッとした顔で主張した紗羅の台詞《せりふ》に、困ったな、という苦笑いを浮かべた泰知が目を泳がせる。

まぁ……泰知が泊まると言えば、紗羅が「自分も」と言い出すことは不思議ではない。小学生の頃は、頻繁《ひんぱん》に誰かの家に集まってお泊り会をしていたのだ。高校生になってからは、泰知と颯季だけが泊まり合うことになり、それを後になって知った紗羅が自分だけ仲間外れにするのかと拗《す》ねるのが常になっていた。

でも、高校三年生になった今では、自分たちに疚《やま》しいところが皆無であっても世間体というものがある。

今日は、状況的にあからさまな陰口は叩かれないとは思うが、いいことではないのは確かだ。

嘆息《たんそく》した颯季は、「ダメ」と首を横に振った。

「男二人のところに、紗羅を泊められるわけないだろ。それに、……ごめん。ちょっと、ゆっくりしたい」

この三日ほどは、常に誰かが近くにいて心身共に慌ただしかった。

だから、余計なことを考える間がなくて幸いだった……とも言えるかもしれないが、少し休憩したいのが本音だ。

数秒の沈黙があり、颯季を見上げていた泰知が「紗羅」と隣に座っていた紗羅を促して立ち上がった。

「わかった。じゃ、俺ら帰るけど……なんかあったら、遠慮せずにすぐ連絡しろよ。夜中でもさ。あ、あときちんと飯を食え！」

「……ん。おばさんに、しっかりお礼を言っておいて」

　泰知を残して一足先に帰宅した彼の母親は、颯季と昇吾の二人分にしては十分すぎる量のお握りやおかずを詰めた、巨大な弁当箱を置いて行ってくれたのだ。

　コンビニエンスストアは徒歩五分のところにあって、買い物に不自由はない。泰知は「お袋め。お節介《せっかい》っつーか、大きなお世話だろ」と眉を顰めたけれど、今の颯季にはその心遣いがありがたかった。

「颯季には、あたしたちがいるってこと、忘れないでよ」

　右手を泰知、左手を紗羅に強く握られて、意識するでもなく唇に微笑を滲ませた。

　ここしばらく、周囲にも自身にも『大丈夫』だと示そうと無理に笑い続けていたせいか、強張っている頬の筋肉がピクリと痙攣《けいれん》して、奇妙な笑みになってしまったかもしれない。

　でも二人はなにも言わずに、「なっ」「ね！」と颯季と目を合わせたまま、念を押してくる。

「うん。本当にありがと、二人とも。玄関先までだけど……送ってく」

　手近にあったサンダルを引っかけて玄関扉の外に出ると、名残惜《なごりお》しそうに何度も振り返りながら夜道を遠ざかる二人を見送る。

街灯が照らす角を曲がり、完全に彼らが見えなくなって……深く息を吐いた。

「なんか、ドッときた」

肩が、突然ズシリと重くなったように感じる。

いや、肩だけでなく……手も足も重りをつけられているみたいで、すぐに動くことができずその場にしゃがみ込んだ。

目に映るアスファルトと、自分にはサイズの小さい女性物のサンダルから覗く黒い靴下の爪先をジッと見詰めて、もう一度大きく息を吐き出す。

いつまでもここにいるわけにはいかない。家に戻らなければ。もし、昇吾が目を覚まして一人きりだと知れば、不安がって泣き出すだろう。

そう、頭ではわかっているのに……動けない。

「とりあえず、路頭《ろとう》に迷うことはないし……祐一朗《ゆういちろう》さんに、感謝」

築三十年近い小ぢんまりとした一軒屋は、姉の結婚相手である義兄が購入したものだ。

十二年前に姉と義兄が結婚した際、家族が倍になるのだから中古住宅でもマイホームを……と、かなり無理をしてローンを組んだのだと最近になって知った。

この家に越してきた時、颯季は小学校に上がる前だった。

その三か月前に母を亡くし、小さなアパートで姉と二人暮らしをしていたのだが、義兄の祐一朗とその弟の宗士朗との四人暮らしになったことで、一気に家族が倍になった。

母親と姉、女性ばかりの環境で育った颯季にとって義兄とその弟という男性のいる生活に初めは戸惑い……母親や姉には「元気すぎてついて行けない」と言われていた外遊びにもつき合ってくれる二人にあっという間に馴染んで、毎日が楽しかった。

同級生たちの家とは異なる形態であっても、颯季は自分の家族が大好きだったし、義兄とその弟、姉との日々は幸せだった。

……けれど。

「この家は、おれと昇吾の二人で住むには……広いなぁ」

二階に二部屋。一階に、和室とリビングとキッチンとバスルームなどの水回り。自転車を二、三台置ける程度の、ささやかな庭がある。

家族が四人だとちょうどいい間取りでも、颯季と四歳の昇吾の二人では持て余す広さだ。

「ローンの残り、免責《めんせき》になるって言ってたっけ……」

誰が言っていたかは忘れたが、債務者が死亡した場合はローンの残りが免除されるのだという言葉は、頭の片隅に残っている。

ただ、細かな部分は思い出すことができない。一気にいろんな人に様々なことを聞かされたせいで、頭の中がゴチャゴチャだ。

「なんか……やらなきゃいけないことが大量にあった気がするけど、まず……なんだったかなぁ」

足元に向かって独り言を零す。夜の静かな空気の中、そのつぶやきは思ったより大きく響いて唇を引き結んだ。

身近に頼れる大人はいないのか、とか……親戚は？　とか。

役所の人だか保険会社の担当者だか、颯季のよく知らない人間に聞かれた言葉には、一つもまともに答えられなかった。

尋ねられるたびに、チラチラと頭に浮かびかける『彼』の影を振り払い続け、無言で小さく頭を左右に振るしかできなかったのだ。

「保護者が必要だろ……か」

四月からようやく高校三年生、二ヵ月前に十八歳になったばかりの自分と、もうすぐ五歳になる昇吾。

おれが一人でなんとかすると言い張っても、周囲からは「無理だ」と言われるのはわかっているけれど……義兄の祐一朗も自分たち姉弟も、親と呼べる存在はいなかった。探せばどこかに遠い親戚の一人くらいはいるかもしれないが、『探せばいるかもしれない』程度なのだから頼れるわけがない。

身内と言われて一番に思い浮かぶ人物は、今どこで何をしているのかさえ颯季にはわからない。

彼の兄の事故死を伝えようにも、その術《すべ》がないのだ。

「おれは、どうしたらいいのかな」

誰にも零せなかった不安を、一人きりになったことでやっと口に出せる。ただ、言葉にしたところで解決策が見つかるわけではないけれど。

そうしてぼんやりと道端に蹲《うずくま》ったまま、どれくらい時間が経ったのか……。

アスファルトに落ちた自身の影を見据えていた颯季の耳に、足早に道を歩く靴音が聞こえる。

立ち上がらなければ。今の自分は、ものすごく不審な姿だろう。

今すぐ、動け……と足に命じても、膝に力が入らない。

心の中で、「おれのことは気にせず、さっさと通り過ぎろ」と通行人に念じていたのに、ザッザッと近づいてきた規則正しい靴音が颯季の目の前でピタリと止まる。

どこの誰だか知らないが、放っておいてほしい。

眉を顰めて少しだけ視線を向けた颯季の目に映ったのは、紐が擦り切れて履き古されていることが一目でわかる、大きな男物のシューズ……。

「……汚ねー靴」

心の中でつぶやいたつもりが、ポロリと唇から零れ落ちてしまった。

慌てて口元を両手で覆った颯季に、黒々とした影が落ちる。シューズの主が、屈み込んだのだろう。

静かな夜の空気は、小さな一言を当人に伝えてしまったに違いない。

「あ……」

なんとかフォローしなければと、焦って顔を上げた颯季は、視界を覆うように伸びてきた手にビクッと肩を竦ませた。

殴られるのかと咄嗟《とっさ》に目を閉じたけれど、ぐしゃぐしゃと手荒く髪を掻き乱されている？

なに？　誰だ？　なんで……？

「クッ……容赦ないな、颯季。これでも、俺が持ってる靴の中では一番マシなヤツなんだけどなぁ」

声もなく身体を強張らせるばかりの颯季の耳に、笑みを含んだ低い声が飛び込んできて、心臓が大きく脈打った。

「えっ？」

　ドクドクと忙しない心臓の脈動を感じながら、固く閉じていた瞼を押し開く。視界を塞ぐ手が邪魔で、目の前にいる人がよく見えない。

　震えそうになる両手で顔の前にある太い手首を掴み、ゆっくり脇に退けて……街灯の光がかろうじて照らす薄闇の中、目を凝らした。

　意思の強そうな光を湛《たた》えた切れ長の瞳と、スッと通った鼻筋。少し厚めの唇。

　あまり頓着《とんちゃく》しないのか、黒い髪は整っているとは言い難く……ギリギリ、不潔ではない長さだ。

　数日前まで毎日顔を合わせていた人と、目鼻立ちはよく似ている。でも、顔の造作が似通っていても纏う空気が全然違う。

　颯季が記憶の中に抱えていた、五年前の彼とも違っていて、これは誰だろう？

「なんだよ、デカい目を見開いて……うっかり零れ落ちそうだぞ。俺を忘れたか？」

　男らしい顔に浮かぶ笑みは、記憶していたものと変わらない。

　震える唇を開き、まさか……まさかと、頭の中をグルグル駆け巡っていた名前を小さく口にした。

「宗士朗……？」

「おっと、あぶね」

言葉を発すると同時にぐらりと身体が揺れ、後ろに転びかけたところを、グッと引き戻される。

掴まれた二の腕に食い込む指の力強さは、夢や幻《まぼろし》ではない証だ。でも、今の颯季にはすべてが現実感に乏しい。

「嘘、だ」

目を逸らすことなく、もう一度「嘘だ」と繰り返す。

何度も何度も、嫌になるくらい見た夢と同じで……うかつに瞬きをすれば消えてしまうのではないか。

そんな怖さが拭い切れず、これ以上言葉が出て来ない。

「なにが嘘?」

颯季と目を合わせたままの宗士朗が、仄《ほの》かな微笑を浮かべて「ん?」と首を傾げる。

五年前よりずっと大人になって、雰囲気は変わっても、少しだけ首を右に傾げて尋ねてくる仕草《しぐさ》はあの頃のままだ。

家族に行き先も告げず、ふっといなくなった夏の終わりから……一跨《ひとまた》ぎに五年という時間を飛び越えて、今ここにいる。

不思議な空間にふわふわ漂うような感覚の中、ぎこちなく視線を泳がせる。

「だって、宗士朗……嘘だろ」

「嘘じゃねーよ。ほら」

颯季の腕を掴んだまま立ち上がった宗士朗に、重さを感じていないかのようにひょいと引っ張り上げられる。

屈み込んでいた路上からようやく立つことのできた颯季は、未だに目の前に宗士朗がいることに現実感がなくて……ぼんやりと見詰めた。

「ちょっと見ないあいだに、デカくなったな。頭の位置が近い」

「ぁ……」

あの頃は見上げていた宗士朗の肩が、目の前にある。時の経過は確かなのに、心がついていかない。

瞬きをしても、足元に落とした目に映る古びたシューズはそのままで、宗士朗は消えない。

肩に置かれている大きな手には、確かな感触も体温もある。

これは夢ではない。現実だ。

……目の前に、宗士朗がいる。

ようやく宗士朗の存在を確信できた颯季だが、昂揚《こうよう》しかけた心にブレーキをかけて、強く拳を握った。

今は……再会を喜ぶより先に、宗士朗に告げなければならないことがある。

コクンと喉を鳴らした颯季は、顔を上げることなく「あの」と声を搾り出した。

「そ……しろ、宗士朗……あの、さ……祐一朗さんと、姉さ……ッ」

喉の奥に声が引っかかったようになり、続きが出てこない。

言わなければならないのに、……言えない。言いたくない。でも、宗士朗には伝えないわけにはいかない。

「……っ」

声が出せなくて、思い通りにならないもどかしさに焦《じ》れる。

自身への腹立たしさに、颯季が拳を解いた右手で喉を掴むと、制止するように宗士朗の手に首元の右手を包み込まれた。

驚いて顔を上げると、仄かな街灯の光が、十数センチ高い位置にある宗士朗を照らし出していた。

颯季と視線を絡ませた宗士朗は、これまで見たことのない無表情で……短く、一言だけ口にした。

「知ってる」

だから自分がここにいるのだと、颯季をジッと見詰める強い瞳が語っていて、膝から力が抜けた。

「おっと」

路上にへたり込みそうになった颯季の身体を、宗士朗は難なく抱き留めた。言葉はなく、大きな手でポンポンと背中を叩いてくる。

そう……か。五年近く姿をくらませていた宗士朗が帰宅するには、あまりにもタイミングがいいと思った。

「……遅くなって悪かった」

密着した肩や、胸元の厚みが違う。昔から長身だったけれど、筋肉が増して随分と逞《たくま》しくなった。

でも、颯季を宥《なだ》める仕草はそのままで……混乱する。

「な、なにやってた……っだよ」

「一番早い便を取ったんだが、経由地で足止めされたせいで日本まで四十時間以上もかかっちまった」

混乱のままつぶやいた颯季に返ってきた言葉は、正しいのかも知れないが求めた答えとは少しずれたものだ。

それでも間近で耳にする宗士朗の声が嬉しくて、でも本物なのかと疑わしくて、ぼんやりと名前を繰り返すしかできない。

「宗士……郎？」

「心細かったよな。ごめん、颯季」

ぎゅっと、背中にある手で息苦しいくらい強く抱き締められ……押し込めていた色んなものが、パチンと弾け飛んだ。

この数日、誰になにを言われても、「大丈夫です」と答え続けていた。気丈《きじょう》だとか、しっかりした子だとか、涙も見せない冷静さが気味悪いとか……こそこそ勝手なことを言う大人に、虚勢《きょせい》を張って冷静に対処し続けていた。

自分一人なら、降りかかった事態の理不尽さになす術もなく放心していたかもしれない。けれど、護らなければいけない存在のある颯季は、自分の感情に蓋《ふた》をしなければならなかったのだ。

大丈夫。きちんとできる。

言葉だけでなく振る舞いでそう証明して、だから、姉夫婦が残した宝物を自分から取り上げないでくれと、伝えるために……。

そんな虚勢も意地も、この腕の中では必要ない。

数日振りに気を抜くことを自身に許した瞬間、目の前が白く霞《かす》んだ。

「宗……ッ」

大きな背中に手を回した颯季は、声もなく肩を震わせる。

ぬくもりが嬉しい。

胸が苦しい。

こんなふうに甘やかされると、離れるのが怖くなる。

とめどなく湧き上がってくる思いは、なにもかもが複雑に入り混じっていて、自分でもどれが一番強い感情なのかわからない。

通りかかった車のヘッドライトに照らされて現実を取り戻すまで、その場から動くことができなかった。


「……兄貴、夏海《なつみ》さん……遅くなって、すまない」

新品の真っ白なタオルを敷いたカラーラックの上、二つ並んだ白い箱に手を合わせた宗士朗は、それきり口を噤《つぐ》んで動きを止める。

広い背中から目を逸らした颯季は、無言でお茶の入ったグラスをテーブルの隅に置いた。

宗士朗が、ふ……と息をついて、床に膝をついたままこちらを振り向いた。

「なんで、知ってたのか聞いていい？　連絡したくても、おれ……宗士朗にどうやって知らせたらいいのか、わかんなかった」

「あー……近所に、知人っていうか、先輩がいるんだ。ここに変わったことがあれば知らせてくれるよう、頼んでいたから」

なんでもないことを語るかのような宗士朗に、カッと頭に血が上った。

近所の知人？　その人とは、ずっと連絡を取り合っていた？

「その人は、宗士朗の連絡先を知ってたんだっ？　おれは……おれたちには、住所も電話番号も書かれてない葉書《はがき》しか送ってこなかったのに！　五年前も、なにも言わずに行方不明になって……どれだけ心配したと思ってんだよ！」

五年間、溜め込んでいた恨み言のほんの一部だ。憤《いきどお》りをぶつけて睨《にら》む颯季に、宗士朗は低く「悪い」とだけ返してくる。

謝ってほしいわけではない。

そして、宗士朗を責めたところで何にもならないことは、颯季にもわかっている。

ゆっくりとした深呼吸を、二度……三度。

「違……う。言いたいの、そうじゃなく……て」

どうにか波立った気分を落ち着かせた颯季は、床に敷かれたラグマットに視線を落として口を開いた。

今、颯季が言わなければならないのは……宗士朗を責める言葉ではない。

「朝の天気予報は雨じゃなかったのに……夕方から、雨が降り出したんだ。だんだん激しくなってきて、祐一朗さんに連絡して傘を持っていないって聞いた姉さんが、駅まで迎えに行った」

「うん」

うまく話し始めることができなくて、いきなり本題に入ってしまう。

颯季は、聞かされたほうは戸惑う不親切な説明の仕方だろうと思ったけれど、宗士朗は不満を零すでもなく静かに相槌《あいづち》を打つ。

「テレビの音が、聞こえなくなるくらい……すごい雨、で。窓の外、真っ白で滝の中にいるみたいだった」

話しているあいだに否応《いやおう》もなくあの夜の激しい雨音を思い出してしまい、颯季は強く拳を握って続きを口にした。

「駅前の横断歩道、歩行者用の信号は青だった……って。なのに、信号無視したトラックがブレーキもかけずに突っ込んで、……ッ」

脇見運転だったのだと、そう聞かされた。運転手は、スマートフォンを見ていたのではなく、車の計器にチラリと目を向けただけだと言い訳をしたらしいが、そんなことは颯季にとってどうでもよかった。

激しい雨のせいで信号を見落としたのだとしても、単純な脇見暗転であっても、実際は悪質な『ながら運転』だとしても、

「ふ、二人とも、逃げる間もなく五メートルあまり撥《は》ね飛ばされて、即……死状態だった……って」

その事実は、変わらないのだ。

指を強く握っているせいで爪が手のひらに食い込んでいても、ほとんどなにも感じない。それよりもっと、胸の内側のほうが痛い。

息苦しさのせいで呼吸が荒くなり、喉から搾り出す声が頼りなく揺らぐ。

「お、おれが迎えに行けばよか……った。もし一緒にいたのがおれなら、祐一朗さん……自分だけでも逃げられた、かも……」

姉だったから、咄嗟に庇おうとして動けなかったのではないか。そこにいたのが颯季なら、構わず防御姿勢を取れたのでは。

もし、どうしても逃れられず二人とも命を落とすのが運命だったとしても、せめて残されたのが姉であれば昇吾のためにもなったのに。

あの夜からずっと、頭の隅に留まったままの『もし』を吐き出した颯季は、一人で抱え続けた悲痛《ひつう》な思いをつぶやいた。

「おれだけ残るんじゃなくて、……おれだけ死ねばよかったんだ」

空虚な響きで吐き出した言葉を切ると同時に、

「颯季」

硬い響きの声で低く名前を呼ばれ、グッと唇を噛む。

しまった。気が緩んだせいで、つい声に出してしまった。

両手で頭を挟み込むようにして顔を上げさせられて、険しい表情の宗士朗と視線を絡ませた。

「俺の目を見て、もう一度言ってみろ」

ほとんど抑揚《よくよう》のない声からは、彼の感情を読み取ることができない。だからこそ、宗士朗の抑えた怒りが伝わってくる。

颯季も、自分の発言が正しいものでないということはわかっている。

「だ……だって」

理性と感情は別なのだと、訴えようとしても宗士朗の鋭い瞳は颯季の言い訳を許してくれなかった。

続く言葉を呑み込んだ颯季をジッと見据えた宗士朗は、目を眇《すが》めて追い詰めようとする。

「だって、なんだ？」

「ッ……ぅ、おれなんて、なにもできな……っのに。そ、宗士朗のアホ。バカ。顔、怖いんだよ……っ」

頭を挟み込んでいる宗士朗の手首を掴み、なんとか言い返した。

子供じみた台詞が情けないと思っても、大きく揺れる感情をコントロールできない。

姉と義兄の事故からずっと、独りで真っ直ぐ立っていたつもりなのに、寄りかかることのできる存在に一度支えられてしまうと上手く虚勢を張れなくなった。

意地で積み上げた壁を呆気なく突き崩され、悔しいけれど、自分がこんなにも弱かったのだと思い知らされる。

かすれた声で「バカ」と八つ当たりする颯季に、宗士朗は小さく息をついて全身に纏っていた険しい空気を緩める。

「怖い顔で悪かったな。……追い詰めたのも、悪ぃ。でも、あの言葉は言っていいものじゃないってことくらい、おまえもわかってっだろ」

「っそ、だけど、おれ……は、おれじゃ……」

自分がなにを言っているのか、なにを言おうとしているのかさえわからなくなってきて、宗士朗の手首を掴んだ指にギュッと力を込める。

颯季の頭を挟み込んでいた大きな手が離れていき、手荒に髪を掻き乱された。

「あー……もう、しゃべらなくていい。おまえ、気を張り続けて……疲れてんだよな」

「疲れてなんか」

「アホか。俺の前で格好つけて意地を張って、どうすんだ」

もう反論はできず、グッと唇を噛む。

将来に対する不安が先に立ち、自分でもどうかしているのではないかと怖くなるほど麻《ま》痺《ひ》していた感情……悲哀と寂寥《せきりょう》感《かん》が、唐突に押し寄せてきた。

物心ついてからずっと、颯季にとって姉は母と等しい存在だった。

独りで自分たち姉弟を育ててくれていた母親が亡くなったのは、姉が十九歳になってすぐの頃だ。今の自分とそう変わらない年齢で不安がたくさんあったはずなのに、迷わず颯季を養育すると決意してくれた。

義兄……当時は姉と交際中だった祐一朗は、颯季の目前で姉の手を取ってプロポーズしたのだと聞いた。

残念ながら颯季の記憶には残っていないけれど、

「俺が、夏海と颯季君の家族になりたい。父親代わりに……なんて傲慢《ごうまん》なことは言えないけど、一緒に颯季君の成長を見守らせてもらえないか」

と……そんな言葉と共に、左右の手で姉と颯季の手を握ったらしい。

二人は颯季の義兄であり姉であると同時に、両親でもあった。宗士朗は少し年の離れた兄で、血縁関係など問題にならないほど四人で『家族』だった。

颯季に気を遣って自身の子供を成すことを遠慮していたのだと、言われなくても想像がついたから、中学に上がってすぐに颯季が「妹か弟が欲しいなー」と催促《さいそく》したのだ。

姉に宿った新たな命が、嬉しかった。

でも、それから間もなく宗士朗が姿を消し……五年が経った今、姉と義兄が突如《とつじょ》いなくなり、昇吾と二人きりになってしまった。

幼い昇吾を守り育てることが本当に自分にできるのかという不安、姉と義兄のためにもなんとかしなければならないという責任感、様々なものに追い立てられて自身の苦痛を目にしないように顔を背けていたのに……。

「おれ、昇吾と二人きりになっ……たと思って、ど……したらいいか、ホントはわかんなくてっ」

「……ああ。怖かったろ。帰るのが遅くなって、ごめんな」

「宗士朗……の、バカ」

「うん。大馬鹿野郎だな」

宗士朗は、颯季の言葉に短く相槌を打ちながらゆっくり背中を撫でて、力強く腕の中に抱き締めてくれる。

「なんにも考えずに、ちょっとでも寝ろ」

「ん……」

ふー……と息を吐き出したと同時に、全身の力が抜けた。脱力した颯季の身体をしっかりと抱き留めた宗士朗が、耳のすぐ傍で短くつぶやく。

「子守唄《こもりうた》が必要か？」

颯季をからかう時の笑みを含む声は、五年前と同じだった。

ムッとした颯季は、普段の調子を取り戻して言い返す。

「いらねーよ。おれのこと、いくつだと思ってんだ」

偉そうに答えたけれど、宗士朗に身体を凭《もた》れさせているうちに意識がふわふわ浮かび出す。

三日三晩、ほとんど寝られなかった。

少しは寝ろと大人たちに怒られて、用意された寝床に身体を横たえても、気を抜けるはずがなくて神経を張り詰めさせ続けていた。

でも、宗士朗の声や体温を身近に感じたら、魔法にかかったかのようにあっという間に眠気が押し寄せてくる。

「そいつは残念。お望みなら、ハンガリーでもロシアでも、デンマーク……あとはどこだったか、メドレーで子守唄を聞かせてやるのに」

ククッと、密着した肩が揺れる。

行方知れずになっていた五年のあいだ、宗士朗が一方的に送りつけてきたポストカードが脳裏に浮かんだ。

颯季の知らない、外国の写真のものばかりで……インクが擦れて、どの国の消印《けしいん》か解読できないスタンプもたくさんあった。

宗士朗が、どこで何をしていたのか、今はまだわからないけれど……。

「宗士朗、どこにも行かない？　おれが寝てるあいだに、いなくなんない？　置いて行ったら、やだよ」

普段だと間違っても言えない、甘えと不安の滲む台詞だった。

眠りに半分意識を飛ばした状態だから零すことのできた言葉であり、抑え込んでいた『本音』だ。

離さないからな、と口に出す代わりに宗士朗が着ているシャツの裾を握り締めて、急激に重くなった瞼を伏せた。

視界が黒一色に染まり、耳に入る音も遠ざかる。

甘えたがりの子供のような颯季の懇願《こんがん》を、宗士朗は笑わなかった。

「……ここにいる」

「約……束」

頭の隅にほんの少し残っている冷静な部分に、恥ずかしいことを言うなと咎《とが》められたけれど、宗士朗が受け入れてくれるから引き返せない。

「ああ、約束だ。颯季の傍にいる」

優しい響きの低い声が、耳に心地いい。子守唄など必要ない。

長い腕に抱かれ、子供の頃と同じように髪や背中をそっと撫でられて……どんどん意識が薄れていく。

現実と夢の境が曖昧《あいまい》で、安心感に浸った思考が白く霞む。

だから……。

「やっぱダメだな。逃げ回ってたくせに、一瞬で引き戻されちまう。腹をくくるか。……逃げるのはヤメだ。ずっと、傍にいて……俺が護ってやるよ」

ゆっくりと髪を撫でながら口にした宗士朗の声が、そんなふうに聞こえたのも、颯季が創り出した都合のいい夢だったのかもしれない。

《二》

「……ゃん。さっちゃん、起きて。おはよー」

子供の声が聞こえる。

肩を揺すられているのはわかるが、まだ、もう少し……眠っていたい。頭も身体も重くて、動けそうにない。

無反応の颯季に焦れたのか、両手で腕を掴まれて耳元で「さっちゃん！」と呼びかけられた瞬間、眠りに漂っていた意識が一気に浮上した。

「っあ！　昇吾……っ？」

ハッと目を開いた颯季の視界に映ったのは、息がかかりそうなほどの近さで顔を突き合わせるはずのない人物だった。

どうして自分たちが、こんなに密着して眠っているのだと焦って飛び起きる。

激しい動悸《どうき》を感じながら、隣りに寝転がっている大柄な男を見下ろして……。

「なんで、祐一朗さ……っじゃ、ない……か」

義兄と見誤ったのは目に映った一瞬で、すぐさまよく似た別の人物だと、寝惚けていた脳が誤りに気づく。

端整な顔立ちは共通しているが、義兄はもう少し線が細く、これほど野性的な雰囲気ではなかった。

ここにいるのが『誰』か、改めて認識した途端、今度は純粋な驚きとは種類の違う動悸に襲われる。

繰り返し夢に見た願望が形になり、現実に滲み出てしまったのかと思った。

「……パーパ？」

すぐ傍に立っているパジャマ姿の昇吾が、不思議そうに宗士朗を覗き込んでいる。大きく息を吐いた颯季は、ようやく落ち着きを取り戻して微苦笑を浮かべた。

祐一朗と宗士朗は元々よく似た兄弟だが、宗士朗は兄より目元がキリッとしていて鋭い印象を与える。

だから、最も違いの大きな目を閉じていると、容姿だけでなく雰囲気まで似ていると思う。

ただ、いくら似ていてもどこか違うと……四歳の子供でも、違和感を覚えるのだろう。

それもそうか。義兄は常に身嗜《みだしな》みに気を遣っていて、こんなふうに無精《ぶしょう》ひげを生やしている姿を、颯季にも昇吾にもまず見せなかったのだから。

「ごめん、昇吾。寝坊《ねぼう》した。お腹すいた？」

「んー、ちょっとだけ」

話しかけた颯季に答えながらも、昇吾の視線は宗士朗に向けられたままだ。

父親によく似ていながら異なる存在を、どう捉えればいいのか……という戸惑いが伝わってくる。

「そっか。すぐ用意しような。朝ごはんは……」

「日本の米が食いたいなぁ。梅干しも。……それが、昇吾か。さすがおれの甥っ子、イケメンだ」

「わっ、ビックリした！　いきなり会話に乱入してくるなよ。いつから起きてたんだ」

昇吾に向かって話しかけていた颯季は、斜め後ろから聞こえてきた低い声に驚いて、ビクッと肩を震わせる。

振り向くと、昨夜と同じ服のままの宗士朗が特大のあくびをするところだった。

「三十秒くらい前。くぁ……時差ボケが厳しいなぁ」

怠《だる》そうに、のっそりと身体を起こした宗士朗が、ほぼ同じ高さにある昇吾と顔を突き合わせた。

子供の存在を不思議がるでもなく、「それが、昇吾か」と言った。

宗士朗が行方をくらませたのは、姉の妊娠がわかってすぐの頃だ。

性別はもちろん、名前さえ知らないはずなのに、当然のように『甥の昇吾』と向き合っている。

これも、『近所の知人』とやらからの情報だろうか。颯季たちには居所も知らせず心配させてばかりだったくせに、宗士朗は一方的に自分たちの情報を手に入れていたなんて、腹立たしい。

ムッとした颯季が、宗士朗を問い詰めてやろうと口を開きかけたところで、昇吾を見ていた宗士朗が破顔《はがん》した。

「ははっ、初めて逢った頃の颯季に似てるな。けど、やっぱ兄貴にも似てるか？」

「祐一朗さんに似てるなら、宗士朗にも……だろ」

大人らしからぬ全開の笑顔に毒気《どくけ》を抜かれてしまい、宗士朗に詰め寄ろうという気概が殺《そ》がれてしまった。

「………」

戸惑いから抜け出せないのか、いつも賑やかな昇吾は珍しく無言だ。

普段の昇吾は、人見知りや物怖《ものお》じをすることのない元気のいい子供なのだが、さすがに宗士朗にはいつもの調子で接することができないらしい。

口調は異なっていても声の質が共通していることも、困惑に拍車《はくしゃ》をかけているのかもしれない。

目をパチクリさせている昇吾に、宗士朗は対子供用のわざとらしく優しい言い方ではなく、普段と同じ口調で呼びかけた。

「昇吾。俺は宗士朗だ。宗ちゃんでいいぞ」

「そーちゃん？」

不思議そうな顔のまま、促された呼び名で宗士朗を呼ぶ昇吾は……子供扱いしない宗士朗に怯《おび》えるでもなく、平然としている。

我が甥ながら、どう見ても『怪しいオジサン』に怯《ひる》まないあたり見事な度胸だ、と感心するのは叔父《おじ》バカだろうか。

「そうだ。おまえのパパの弟だから『叔父さん』だけど……オジサンとは呼ぶなよ」

ニッと笑った宗士朗が手を差し出すと、昇吾は恐る恐るという表現がピッタリな動きで自分の手を伸ばす。

大きな手のひらに、小さな手が触れた……直後、立ち上がった宗士朗が昇吾の脇の下に手を入れて、ひょいと抱き上げた。

「わぁっ！」

「ちょ……っと、宗士朗っ！　そんな、いきなり抱き上げんなよっ」

焦って止めにかかろうとした颯季をよそに、目を丸くして驚いていたはずの昇吾は……宗士朗の肩にしがみつき、楽しそうに声を上げて笑っている。

心配無用のようだ。どうやら昇吾には、颯季が考えていたよりずっと高い順応力が備わっているらしい。

颯季は、大きく息を吐いて肩の力を抜いた。

「ちっちゃいなぁ」

自分の視線の位置まで昇吾を抱え上げた宗士朗が、しみじみとした調子で口にした。目を細め、優しい表情だ。

初めて顔を合わせた、十三年前。颯季が昇吾くらいの年齢だった時も、こんなふうに抱き上げられていたのかと……無意識に想像して、トクンと心臓が大きく脈打った。

場違いな動悸を振り払いたくて、宗士朗に声をかける。

「無茶《むちゃ》しないでよ」

「へーきだって。なぁ、昇吾」

「へーき！　もっと高いのがいい！」

昇吾が心底楽しそうだから、颯季はもうなにも言えなくなってしまった。

宗士朗がいるだけで、家の中の空気が変わった気がする。颯季が神経を尖《とが》らせていたことは、きっと昇吾にも伝わってしまっていたのだ。どこか遠慮がちで、必要以上に颯季に近づこうとしなかった。

こんなふうに子供らしく笑う顔は、久し振りに見た……と、じゃれ合う昇吾と宗士朗を見詰めていた颯季の前で、宗士朗が動きを止めた。

「お？　颯季、昇吾の腹の虫が飯を要求しているぞ。……ついでに、俺も」

昇吾を腕に抱いた宗士朗が、少し情けない顔で空腹を訴えてくる。

タイミングよく、二人の腹の音がグルルとわかりやすく鳴り響いたのが聞こえてきて、思わず頬を緩ませた。

「ははっ、わかった。泰知がおばさん特製のお弁当を置いて行ってくれたから、レンジで温める。簡単な味噌汁くらいなら、おれでもパッと作れるし」

せっかくの気遣いだが昇吾と二人では持て余す量だ……と思っていたけれど、大きな弁当箱を置いて行ってくれた泰知の母親には感謝だ。あたたかい汁物を足せば、立派な朝食がすぐに用意できる。

日頃から姉の家事手伝いをしていて、よかったとも思う。昇吾に、母親が作るものと同じ味の料理を食べさせてあげられる。

「おー、いいねぇ味噌汁」

「いいねー！」

そう宗士朗の口調を真似て笑う昇吾は、突然現れた父親似の見知らぬ男に早くも馴染んでいる。

ホッとしたのと、昇吾には自分しかいない……という気合いが空回りしたのと、なんとも複雑な気分だ。

「すぐ準備するから、昇吾はパジャマを着替えてきて」

「はーい。そーちゃん、見てて。ぼく、ひとりでお着替えできるよ」

「おー、そいつはすげぇな」

抱き上げられていた宗士朗の腕から降ろされた昇吾は、無邪気に宗士朗の手を引いて自分の着替えが収められている衣装ケースに向かう。

宗士朗に懐くのはいいが、外で知らないオジサンにはついて行くなと……しつこく言い聞かせなければ。

颯季は、物怖じしない昇吾に一抹の不安を抱えながら、早足でキッチンへと向かった。

市役所や、保険関係のいろんな手続きが残っている。颯季は忌引きを使って学校を休めばいいけれど、昇吾を連れ歩くのは大変だしまだ宗士朗と二人にするのは不安だ。だから、昇吾を預かってくれるところがあるのはありがたい。

□□□

昇吾を保育園に送って行って自宅に戻った颯季は、玄関扉の前で動きを止めた。

なんだか、夢を見ていたみたいな不思議な感覚に包まれている。

この扉を開ければ、「昇吾を送ってくれてありがと」と笑顔の姉に出迎えられるのではないか……でもそれなら、五年振りに戻ってきたと思った宗士朗は颯季が都合よく生み出した幻で、ガランとした無人の空間が広がっているのではないか……。

そうあってほしいという願望と、違っていてほしいという切望が複雑に入り混じり、頭が混乱する。

大きく息をついて、そろりと玄関扉を開ける。

扉の隙間から玄関の内側を覗き込んだ颯季の目に映ったのは、履き古された大きなシューズだった。

「宗士朗の……靴」

懸念《けねん》したような幻ではなく、生身の宗士朗がここにいる。

ホッとした颯季は、もう躊躇うことなく玄関に入って素早く靴を脱ぎ捨てた。リビングを覗くと、水色のシャツに包まれた大きな背中が視界を塞ぐ。

「おっ、早かったな。風呂に入って、着替え……はなかったから兄貴のものを借りたけど、いいよな？」

「うん。宗士朗が着るなら、誰も文句は言わないと思う」

義兄も姉も、二人がもしここにいたら、同じように宗士朗の着替えとして差し出すはずだ。

少し腕を上げて肩を回した宗士朗は、パンツのウエスト部分に指先を突っ込んで苦笑を浮かべた。

「んー……シャツもパンツも、微妙に小さいか？　兄貴、こんなにちっちゃかったっけ。買い出しに行くかな。ついでに散髪もしてくるか」

元々二人の兄弟の体格は、ほぼ同じだった。

宗士朗のほうが、義兄より数センチ上背がある程度だったのに、やはり颯季が感じた通り筋肉量が増したに違いない。

「……行方知れずになってたあいだに、宗士朗が育ったんだよ。それも縦じゃなくて、前後左右に」

わざと可愛げなく最後の言葉をつけ足すと、一歩距離を詰めてきた宗士朗が、颯季の頭を乱雑な仕草で撫で回した。

「……さり気なく、デブったみたいに言いやがったな」

「うわっ、頭撫でんなって」

宗士朗の手から逃れた颯季は、乱された髪を整えながら十五センチ近く高い位置にある宗士朗の顔を睨みつけた。

昔と変わらない手つきで髪に触れられて、颯季の心臓もあの頃と同じように鼓動を速めている。

それを誤魔化《ごまか》すために、視線を逸らして不貞腐《ふてくさ》れているふうに装った。

「もう、中学生のガキじゃないんだからさ」

小学校を卒業するまでは同級生の女の子より小柄だった颯季だが、中学から高校にかけての五年ほどで二十センチ近く背が伸びたのだ。

こうして宗士朗を見上げる首の角度が浅くなり、端整な顔との距離が縮まったはずで……

なのに、あまり目線が近くなった感じがしないのはどうしてだろう。

「颯季」

ふと、真剣な声で名前を呼んだ宗士朗が、颯季の両肩に手を置いた。心臓が、これまで以上に大きく鼓動を打つ。

「な、なんだよ」

目を合わせられないまま、わざと不機嫌につぶやいて身体を逃がそうとしたけれど、宗士朗の手は離れていかない。

「んー……確かに、デカくなったなぁ。いくつになった？　十六か？」

「もう十八だよ」

「そっかぁ。……俺がおまえと初めて逢った頃と、同じ年か。おまえは、昇吾と同じくらいだったな」

やはり宗士朗も、昇吾と接したことで過去の記憶が呼び覚まされたようだ。

うん……とうなずいた颯季に、気恥ずかしいほど優しい笑みを浮かべる。

「あの頃の兄貴は、二十三……だったか。今の俺よりずっと若かったのに、すげー決断をしたんだなぁ」

「そう……思う。姉さんだけじゃなくて、どう考えてもお荷物の、おれまで引き取ってくれたんだから」

「高校生だった、俺のことも面倒見ながら……な。敵わないよなー」

しみじみとつぶやいた宗士朗は、チラリとカラーラックの上に並ぶ二つの白い箱に視線を向ける。

「俺も、おまえも……身内っつーか血縁者との縁ってやつが、薄いのかもな」

目を細めてそんなふうにつぶやいた横顔には、色濃く疲労が漂っていて、理由は……本人曰《いわ》く「日本まで二日近くかかった」せいだけではないはずだ。

もしかして、昨夜は一睡もできなかったのではないだろうか。

颯季は自分のことで精いっぱいだったから、宗士朗の心情にまで気を回す余裕がなかったけれど、彼も颯季と同じ……ただ一人の血縁者だった兄を、亡くしたのだ。

不条理な事故に憤り、なにより嘆きたかったはずなのに、颯季には苦痛をチラリとも感じさせず腕の中で甘やかしてくれた。

今更そんなことに気がつく自分の浅慮が恥ずかしくて、宗士朗の心情にまで思いを巡らせることができなかった自分が悔しくて、強く唇を噛み締める。

宗士朗の手首を掴んだ颯季は、足元に視線を落としてポツポツと口を開いた。

「宗士朗が、いてくれて……よかった」

普段だと照れくさくて言えない台詞だが、今は伝えたい。伝えなければならないと、懸命に続く言葉を探す。

血縁者との縁が薄いと目を細める宗士朗に、それでも独りぼっちではないのだと教えたい。

「おれ……昇吾と二人だけになったと思ってた。他にはもう、誰も家族はいなくて……宗士朗はどこにいるかわかんないし、独りきりで昇吾を育ててやらなきゃ……って、それが、おれができる祐一朗さんと姉さんへの恩返しだから……」

大人たちに言われたように、児童養護施設に託したほうが昇吾のためになるかもしれないと頭の隅で迷いながら、手放したくなかった。

けれど、義兄と姉への恩返しというのは建前だ。本当は、颯季が昇吾と一緒に居たかった。独りになりたくなかった。

どう続ければいいのかわからなくなり、口を噤む。

颯季の肩にのせられたままの宗士朗の手に、グッと力が込められた。そろりと見上げた宗士朗は、真っ直ぐに颯季を見据えている。

「そっか、俺たちには、昇吾がいるんだな。兄貴と、夏海さん……俺たちとも血の繋がった存在が」

不思議そうに「昇吾がいる」と口にした宗士朗は、嬉しそうでも切なそうでもあり……愛しさも含んだ、なんとも形容し難い表情を滲ませた。

宗士朗と颯季には、血の繋がりがない。

でも、昇吾は宗士朗とも颯季ともそれぞれ血が繋がっていて、改めて聞かせられた颯季も不思議な心地になる。

「おまえは必要以上に気負わなくていい。俺もいる」

「でも、宗士朗はっ……また、どこかに行くんだろ」

具体的に、どこなのかはわからない。けれど、日本まで二日もかかるような、きっと颯季の知らない外国だ。

場の雰囲気で発したに違いない「俺もいる」という言葉を真に受けて、ぬか喜びしてはいけない。

そんなふうに自分に言い聞かせながら、肩にあった宗士朗の手を振り払った。

「おいおい、そこは可愛く『嬉しい』って頼るところじゃないのか？　諦めてるって顔で、拒否るなよ」

「拒否るとか、いい年して日本語を乱すな。……可愛く頼ったら、宗士朗は応えてくれんの？　応えられるのかよ」

本当は、宗士朗の答えを聞くのが怖い。

言い淀まれれば、ほらやっぱり無理なんだ……と笑って返す心の準備をしておいて、聞き返した。

「……もちろん。颯季。顔を背けんな」

そう言いながら、ガシッと頭を掴まれる。横に向けていた顔を正面に戻されて、無理やり視線を絡ませられた。

間近に迫る真摯《しんし》な瞳に、ドクンと心臓が高鳴る。

期待と不安の同居した、情けない顔をしているかもしれない。宗士朗に見られたくないのに、真っ直ぐな瞳から目を逸らすことができない。

「決めた。俺もここに住む。一旦アッチに戻って、身辺整理をしなきゃならんが……」

迷いなく言い切った宗士朗の言葉に、颯季は目を瞠《みは》った。

宗士朗が、ここに住む？

「本気？」

「ああ。おまえに同居を拒まれたら、路頭に迷うな」

ククッと笑った宗士朗に、颯季はなにも返せなくて……唇を引き結んだ。

マズい。どうしよう。……鼻の奥がツンと痛い。でも、みっともなく涙ぐむわけにはいかない。

「俺も、おまえと昇吾の家族に加えてくれよ」

静かに言いながら頭を抱き寄せられて、厚みのある肩に額を押しつけた。

黙っていたらダメだ。返事をしなければならない。

コクンと喉を鳴らした颯季は、なんとか平静を装った声でボソッと言い返した。

「仕方、ないな。……昇吾が、いいって言ったらだけど」

「おー……決定権は昇吾にあるのか。ご機嫌を取って、お伺いを立てるとするかねぇ」

笑みを含んだ声でそう口にした宗士朗が、颯季の頭をぐりぐりと撫でた。

子供扱いに文句を言いたいのに、これ以上なにか言えば無様にも上擦った声になりそうだ。

「っ……」

奥歯を噛み締めた颯季は、宗士朗の肩に軽く頭突きをすることで抗議を示す。

そんなささやかな反抗は、宗士朗の手にポンと後頭部を叩かれて呆気なく封じられてしまったのだが……。

昨夜から、宗士朗には弱いところばかり曝《さら》け出している気がする。

今更格好つけても無駄かもしれないけれど、高校生男子としてのささやかなプライドがまだ残っているのだ。

「保険関係の話し合いとか、警察とのやり取りとか……やらなきゃならんことは、まだまだあるだろ。少しだけ、俺にも分けてくれよ」

それにも、声を出すことなくわずかに首を上下させるのがやっとで、宗士朗の肩に頭を預けたまま密かに安堵の息をついた。

施設になどやらない。独りでも昇吾を育てると、自分と昇吾を引き離そうとする大人たちに宣言した。

本当は、不安で途方《とほう》に暮れていたくせに……強がって、心細さを必死で隠していた。

でも今は、独りではない。誰より心強い味方が、ここにいる……。

《三》

「今の深山《みやま》が、それどころじゃないというのはわかっている。まぁ……余裕ができたらでいいから、こっちに関しても考えておいてくれ」

差し出された白い書類を手にした颯季は、「はい」と短く答えて、腰かけていたイスから立ち上がった。

「失礼します」

小部屋に残る生徒指導の教師に向かって頭を下げると、ゆっくりと扉を閉める。廊下に人影がないことを確認して、ようやくため息をつくことができた。

右手に握った白い紙をチラリと見下ろして、そっと眉根を寄せる。

申し訳なさそうに切り出した話が、コレか。

まぁ……教師の立場と、高校三年生の夏休み明けという時期からすれば、仕方ないとは思うが……余裕ができたらと言いつつ、言葉の裏には「できるだけ早く」という本音が透けていた。

「考えろって言われても、なぁ」

喉の奥に渦巻いている奇妙な塊《かたまり》を、上手く飲み込めなくて気持ち悪い。でも、どう吐き出せばいいのかもわからない。

トンと胸元を拳で叩いた颯季は、上靴の底で床板を踏みしめながら、静かな放課後の廊下を歩く。

辿り着いた教室には、自分の机を挟んでイスに腰掛けている男女二人の影があった。戸口に立った颯季に気がついて、女子生徒のほうが大きく手を振ってくる。

「あ、颯季！　先生、なんの用だった？」

「紗羅……泰知も」

放課後、生徒指導室に呼び出された颯季が戻るのを、紗羅と泰知は待っていてくれたようだ。

クラスの違う泰知は、颯季が呼びつけられたことを紗羅から聞いたに違いない。

「あー……コレ」

机の上に置いた白い紙を、二人が同時に覗き込む。そして、無言で眉を顰めた泰知とは対照的に紗羅が憤りの声を上げた。

「なによっ、これ！　あんなことがあって、一週間ぶりに登校した颯季にする話じゃないでしょ！」

「……だよな。すげー、無神経」

ぷりぷりと怒る紗羅とは違い、自分たちの中で一番落ち着いた性格の泰知は静かに憤っている。

モヤモヤと胸の奥に滞っていた感情を自分の代わりに吐き出してくれた二人に、颯季は肩の力を抜いて頬を緩ませた。

「ま……仕方ないよな。おれが推薦を辞退すれば、一つ枠が空くわけだし。無駄にするのはもったいない」

「……辞退すんのか？」

颯季のイスに腰かけた泰知が、顔を上げて視線を絡ませてくる。

まだ腹立ちが収まらないのか、拳を握った紗羅は生徒指導の教師を「あのハゲ！」と口汚く罵っている。

そんな紗羅をよそに、真剣な目と冷静な口調で尋ねられると、へらへら笑って茶化《ちゃか》すことができなかった。

「そのつもり。大学なんて、行ってる場合じゃないだろ。もともと、どうしても大学に行きたかったんじゃなくて、指定校推薦がもらえるなら、会計士とか税理士とか使える資格を取っておくかって動機で、進学しようと思ってただけだし。推薦枠を有効利用してくれる、他の人に譲るべきだな」

特別な感情を込めることなく、淡々と口にした颯季に、泰知はなにも言わない。紗羅も、険しい表情で口を噤むのみだ。

二人に語ったことは、強がっているのではなく事実だ。

教師から打診された経済学部への推薦を受けようと思ったのは、食《く》い扶持《ぶち》に困らなさそうで将来的に役に立ちそうな資格を取得するのに有利だった……という理由のみだったので、大学進学に未練はない。

「とりあえず、公務員試験にシフトチェンジするかなー。それとも、働きながら資格が取れそうな……運送会社系とか？　大型二種とかクレーンやフォークリフトとか、特殊な免許を取れば食うに困らなさそうじゃね？　ちょっとカッコいいし」

颯季は、笑いながら軽い調子で口にしたけれど、

「今まで考えたこともないくせに。適当なことを、簡単に口にするなよ。バカ」

呆れた顔で嘆息した泰知に足を蹴られて、グッと言葉に詰まった。

目が合った泰知に睨まれてしまい、無意味に浮かべていた笑みも、気まずい思いで引っ込める。

さすが、十年以上のつき合いのある幼馴染みだ。思いつきの言葉でお茶を濁《にご》そうとしたことを、見事に見透かされている。

「ん……まぁ、今のは確かに適当に言ったけど、やっぱりまずは働かなきゃなー。宗士朗がなにやってんのかわかんないけど、おれと昇吾の二人がかりで頼っちゃダメだとは思うし」

宗士朗には悪いが、二人して寄りかかってもビクともしない大黒柱になってもらえるという期待は、していない。

本人の脛《すね》がどんなに太くても、経済的な拠り所としての意味では、宗士朗の脛は齧《かじ》りがいがあるようには見えないのだ。

颯季の言葉に、泰知がガタッとイスを鳴らして身を乗り出してきた。

「ちょっと待て、宗士朗って？　あの宗士朗さんか？　行方不明なんじゃ……」

「そうよっ。時々、外国からポストカードだけ送ってきて、どこでなにしてるのかわかんないんじゃないのっ？」

二人に詰め寄られた颯季は、

「あ……」

と、目を泳がせる。

そういえば、そうだった。この二人には、宗士朗が戻ってきたことをまだ話していなかった。泰知と紗羅にとっての『宗士朗』は、五年近く前になにも告げず、こつ然と姿を消したままなのだ。

昼休みは、担任に呼び出されたせいで慌ただしくパンを齧って席を外し、授業の合間の休み時間は込み入った話をするには短く……話しそびれていた。

子供の頃からのつき合いなので、二人とも一般的とは言えない颯季の家庭事情は承知している。

「どういうことか、説明してよ」

「……言えないってわけじゃないよな？」

幼馴染み二人に凄《すご》まれた颯季は、「まぁまぁ」と誤魔化し笑いを浮かべて宥めようとして……セットしていたスマートフォンのアラーム音に慌てた。

「悪い、昇吾のお迎えの時間だ」

これで追及から逃れられるかと思ったのだが、

「俺もついて行く。歩きながら話せばいいだろ」

「どうせ、帰り道は同じなんだし……昇吾くんのお迎えが三人になったところで、文句はないわよね？」

二人に、両脇をガッチリと固められる。こうなれば、後日改めて……と逃げられない。

颯季の通学バッグを持った泰知に、「ほら、昇吾を迎えに行くんだろ？」と促されてしまえば、否と言えるわけもない。

颯季は、「ハイ」とうなずいて歩き始めた。

説明が長くなるから、少しだけ面倒だが……二人には、いずれはきちんと話さなければならないと思うので、ちょうどいい機会か。

□□□

「ごちそうさまでした。ほら、昇吾もごちそうさまでした、は？」

隣に座っている昇吾を促すと、小さな手を合わせて「ごちそーさまでした！」と挨拶をする。

保育園で昇吾と合流して立ち寄った泰知宅で、「夕飯を食べていきなさいよ」と引き留められたのだ。

宗士朗は、今朝、

「ほとんど着の身着のままで帰国したから、アッチの国にいろいろ残してきた。世話になった人たちに、日本に戻ることも伝えなきゃならんし……ちょっと身辺整理をしてくる。一週間で戻るから」

と言い残して家を出たので、夕飯をどうしようかと思っていたこともあり、泰知の母親の言葉に甘えることにした。

これまでも、なにかと昇吾を可愛がってくれている泰知の母親は、「昇吾くんは、ご挨拶のできるいい子ねー」とニコニコ笑っている。

褒められた昇吾は、得意そうな顔で空になった皿を見ている。

「有梨香《ゆりか》、ちょっと昇吾と遊んでてくれるか」

「……いいよ」

中学生の泰知の妹は、兄が真剣な顔をしているのを察して大きくうなずく。

彼女が昇吾の遊び相手をしてくれているあいだに、途中だった話の続きをしよう……と、三人で泰知の部屋に移動することにした。

「どこまで話したっけ」

「出奔した宗士朗さんが、バックパッカー状態で世界のあちこちを放浪して、今はブルガリアにいた……ってところ」

　どこまで語ったか、途切れ途切れに話していたせいで曖昧だった颯季とは違い、泰知はしっかり憶えているようだ。

　泰知の部屋に入るのは久しぶりだと思うのだが、紗羅は慣れた様子で大きなクッションに腰を下ろして、「続き」と催促してくる。

「おまえなぁ、男の部屋なんだからちょっとは遠慮しろよ。で……颯季、続きは？」

　呆れたようにぼやいた泰知だが、別のクッションを颯季に差し出して、自分はラグマットに直接座り込む。

　颯季は、宗士朗から聞き出した『行方不明になっていた約五年の軌跡』を思い浮かべつつ、二人に語る。

「もともと調理師免許、持ってたし……ユースホステルとかで一緒になった人から面白そうな郷土料理の話を聞くたびに、その人の国について行ってたってさ。で、滞在日数の期限ギリギリまでレストランとかで働きながら、また興味を持った別の国にふらふら……」

　直近の滞在地が、ブルガリアだったらしい。

　泰知は、感心したように口を開く。

「すげー……逞しいな。カッコいいっつーか、男としては羨《うらや》ましくもある」

「なーにがカッコいいのよ。祐一朗さんや夏海さん、颯季にも心配をかけて、自分勝手に好きなことをしてただけじゃない。自分勝手な最低男」

男として……という感覚を理解できないらしい紗羅は、痛烈《つうれつ》な一言で宗士朗の放浪生活を切って捨てた。

颯季としては、泰知の言葉も理解できなくはない……が、今回に関しては全面的に紗羅に同意だ。

自分たちに黙って行方をくらませたのでなければ、もう少し宗士朗を擁護《ようご》できたかもしれないけれど、身内としては簡単に許せない。

「はは……手厳しいな、紗羅。まぁ……おれも、『放浪は楽しかったかよ』って嫌味を言ったけどさ。パスポート、見せてもらったけどすごかった。どこにあるのかもわかんない、聞いたこともないような国のスタンプまで、隙間なくゴチャゴチャに押されてんの。ページが足りなくなったからって紙が継ぎ足されたりしてて、なんていうか……パスポートって、あんな雑に扱ってもいいんだって呆気に取られた」

きっと、颯季は一生足を踏み入れることがないだろう国ばかりだった。

嫌味ではなく、充実した楽しい日々を送っていたのだろうと想像がつく……と、泰知も颯季から話を聞くだけで想像できたのだろう。

「そんな生活を捨てて、こっちに帰ってくるって？」

そう口にした声には、本気かよ、という疑念が滲んでいる。

颯季も、信じたいとは思うが……宗士朗の真意は、今の段階では不明だ。

「……うん。宗士朗は、そう言ってる。気が済むまで、好きにしたからって。飲食店を経営している知り合いに雇ってもらえそうだし、本人曰く仕事はどうにでもなるらしい」

深く考えていなさそうだったけれど、宗士朗が「どうにかなる」と言えば本当にどうにでもなりそうな、奇妙な説得力があった。

颯季と同じことを、泰知も思ったらしい。

「あー……そんだけのコミュ力があれば、世界のどこに行っても職にあぶれることはなさそうだしな」

顔を見合わせて笑う自分たち男二人とは違い、紗羅は不満そうな顔で黙り込んでいる。

男女で異なる感覚は、言葉で説明しようとしても平行線をたどり続けるだろうと、宗士朗の擁護を諦めた。

「でも、ちょっとだけホッとした。おまえ、自覚してたかどうかわかんないけど、メチャクチャ思い詰めた顔をしてたからさ。宗士朗さんがいてくれるなら、まぁ……変な心配はしなくていいかな」

のだろう。

「そんな顔、してたか？」

傍から見てわかるほど思い詰めた顔をしていたのかと、自分の頬を擦る。

必死で虚勢を張っていた颯季のために、これまで泰知は不安を口に出さずにいてくれた
大きなため息をついた紗羅が、ようやく口を開いた。

「……それに関しては、悔しいけどあたしも同意する。頼りがいがあるかどうか微妙で
も、一応大人だし。宗士朗さん、いくつだっけ？」

「えーと、三十……になるか、なったところか……だな」

「ガッツリ頼っちゃいなさいよ。甲斐性はないかもしれないけど！」

フンと鼻を鳴らして容赦なく言い捨てた紗羅の中で、宗士朗は「自分勝手で最低な大人」

と確定されてしまっているようだ。

泰知と颯季は、目を合わせて苦笑するしかない。

ふと沈黙が落ちたところで、少しだけ隙間を開けていた泰知の部屋のドアが大きくノッ
クされた。

「お兄ちゃん！　昇吾くん眠そうなんだけど」

そんな有梨香の言葉に、颯季は腰を下ろしていたクッションから慌てて立ち上がった。

いつの間にか、八時近くになっている。眠くて当然だ。

「ごめん、帰って昇吾を寝かせなきゃ。……心配してくれて、ありがと。おれたちは、大丈夫だから。……たぶん」

ぽつんと小さくつけ加えた最後の一言に、泰知は「はは」と微苦笑を滲ませて、紗羅は「たぶんじゃないわよ。不安！」と眉を顰める。

それでも、昇吾と……宗士朗と、三人で生きていくしかないのだ。

昇吾がいてくれたから、颯季は独りぼっちにならずに済んだ。嘆き悲しんで蹲ってばかりではいけないと思えたし、宗士朗が戻って来てくれたから顔を上げて足を踏み出そうと思えた。

「まぁ、あんまり大人って雰囲気じゃないけど、宗士朗がいてくれるなら心強いのは確かなんだ」

そう言って颯季が笑ったからか、紗羅は眉間の皺を解いた。

微笑した泰知が、

「じゃあ、解散だな」

と、紗羅を促して立ち上がる。

「さんきゅ、有梨香。颯季と昇吾と、ついでに紗羅も送っていくから、帰りにコンビニでプリンを買ってきてやる」

戸口で待っていた妹にそう声をかけた泰知は、昔から妹に甘い。それがわかっているから、有梨香も唇を尖らせて不満顔を装うのだろう。

「プリンだけ？　安ーい。シュークリームもつけてよ」

「あ、じゃあ昇吾の子守り賃として、シュークリームはおれが」

そんな颯季の申し出に、慌てたように「颯季くんはいいよ」と手を振るあたり、可愛いものだ。

クスクス笑った紗羅が、「三人からってことで、いい？」と有梨香に提案すると、少し申し訳なさそうにうなずいた。

「さっちゃーん！」

「あ、ヤバい。昇吾、すぐに行くから！」

階下から、颯季を呼ぶ昇吾の声が聞こえてきて、慌てて廊下での立ち話を切り上げる。

急ぎ足で階段を降りた颯季は、こうして笑えるのも宗士朗のおかげだな……と頬を緩ませて、階段下で待っていた昇吾を抱き上げる。

身辺整理をしてくると言い残して再び家を出た宗士朗が、どこに行っていつ帰ってくるのか、今度はきちんと知っている。

間違いなく連絡がつく電話番号も聞いているし、必ず戻って来てくれるとわかっているだけで、落ち着いて待つことができる。

「ご馳走《ちそう》さまでした。遅くまでお邪魔して、すみません」

「いいのよ。またいつでも、昇吾くんと一緒にご飯を食べにいらっしゃい。賑やかな食卓は大歓迎！」

玄関先まで見送りに出てくれた泰知の母親に頭を下げて、昇吾を抱いたままシューズに足を突っ込んだ。

「昇吾、重いだろ。俺が抱こうか」

「いや……大丈夫。今動かしたら、泣かれそうだし」

泰知の申し出を断って路上に立った颯季は、細い三日月の浮かぶ夜空を見上げて、うとうとし始めた昇吾を抱く腕に力を込めた。

この小さな甥と、宗士朗と、ひとつ屋根の下……これからは三人の家族として、共に生活する。

行方不明となっているあいだも、胸の奥で燻り続けていた仄かな想いは……誰にも悟られないよう、小さな火種のまま封印しなければならない。

家族でいるために、宗士朗に抱き締められて感じたほんのり甘い動悸は、きっちり蓋をして見えないところに仕舞い込まなければならないのだ。
こうして腕の中にいる、小さな護るべき存在のためにも……。

《四》

颯季の朝は、慌ただしい。

鳴り響く目覚まし時計を止めると、

「おーい、昇吾。おはよー。朝だぞ。起きろー。今日はちょっと朝寝坊してるぞ」

「ぅ……ん」

隣に敷いた布団で寝ている昇吾に声をかけて、起き出す。大の字で眠っている昇吾は、一度声をかけただけでは起きないとわかっているが、根気強く待つ余裕はないので自分の布団だけ畳んで壁際に押しやった。

特大のあくびをして和室を出て、洗面所に向かう。

水で簡単に顔を洗い、二階の自室で制服に着替えてから、少し前まで物置部屋だった隣室のドアをノックした。

「宗士朗。朝！　起きてる？」

「……んー……あぁ」

よかった。今朝も、ちゃんとそこにいる。

耳を澄まして鈍い返事を確認すると、階下に降りる。リビングのラックに並ぶ姉と義兄の位牌《いはい》とフォトスタンドの写真に「おはよーございます」と手を合わせてから、朝食の準備をするべくキッチンへ入った。

ポットで湯を沸かしながら、冷蔵庫を開けて卵とベーコンのパックを取り出す。ガスレンジにフライパンを置いたところで、背後から低い声が聞こえてきた。

「朝から、いい眺め。制服にエプロン姿の幼妻が、キッチンに立ってる……」

「はぁ？　制服は制服でも、男子生徒用だよ！　まだ寝惚けてんの？」

眉を顰めた颯季は、ふざけた台詞を口にした宗士朗を振り返る。

宗士朗は、キッチンの出入り口に立って壁に身体を預けていた。

一応、パジャマからTシャツとスウェットパンツに着替えてはいるけれど、精悍《せいかん》な顔には表情がなくぼんやりとした空気が漂っている。先ほどの発言といい、これは寝惚けているに違いない。

「んー……。颯季、卵、まだセーフ？　俺、今朝はスクランブルエッグがいい。パンは、バターロール。あと、カフェオレ……」

宗士朗の声には、予想通り未だに眠気が色濃く漂っていた。それでも玉子料理のリクエストを寄越すあたり、ちゃっかりしている。

「卵を割る前だから、セーフ。……昇吾を起こして、着替えさせてよ。たぶん、まだ布団の中でグズグズしてる」

颯季は、苦笑を浮かべながら宗士朗のリクエストに返事をする。昇吾の身支度《みじたく》を頼むと、短く「あー……了解」と言い残して背中を向けた。

身体が、左右にふらふらしていたけれど、大丈夫だろうか。昇吾に釣られて一緒に二度寝してしまうのでは、と不安になる。

「ま、いいか。寝てたら叩き起こせばいいだけだし。ご飯の準備、しておこう」

今朝は目玉焼きの予定だったのだが、変更だ。別々に作るのは面倒なので、卵を三つ使って全部スクランブルエッグにしてしまおう。

宗士朗は調理師免許を所持している上に、現在はレストランで勤務している。料理は本職なのに、家では颯季に任せて自分では作ろうとしない。

好みの味付けもあるだろうし、たまに簡単な玉子料理でさえ失敗する颯季よりも自分で作ったほうがいいのでは……と提案してみたことがあるけれど、誰かに作ってもらったほうが美味しい……らしい。

それは、姉も口にしていた言葉だったから、宗士朗だけ特殊なわけではないのだろう。

休日に颯季が食事を準備すると、嬉しそうに「さっちゃんすごい。おいしそう！」と、手放しで喜んでくれていた。

「っと、ぼんやりしてたら危険だな。卵……と、ベーコン」

フライパンを火にかけたままだった。

ガスレンジの火を弱めると、ベーコンを端に置いて手近にある茶碗に卵を割り入れる。ほんの少し塩を振り、牛乳を目分量で注いで菜箸《さいばし》でグルグルと掻き混ぜると、フライパンに流し込んだ。

ベーコンの焼ける香ばしい匂いが漂ってきたところで、着替えを済ませた昇吾と宗士朗がキッチンに姿を見せた。

どうやら、二人とも無事に睡魔《すいま》との戦いに勝利したらしくて、なによりだ。

「宗士朗、バターロールはそのまま齧るなりトースターで焼くなり好きなように。昇吾は？　パン、宗士朗と一緒でいい？」

チラリとだけ二人を目にした颯季は、話しかけながらフライパンに視線を落とす。

寝惚けていた先ほどとは違ってしっかり目が覚めたようだし、宗士朗に昇吾の相手を任せても大丈夫だ。

「うん。パパ……じゃなくて、そーちゃん、ピーナッツのクリーム」

「じゃあ、バターロールは……あ、四個しか残ってないぞ」

昇吾と話しながら、ガサガサとパンの袋を探る音……「あ」という短い一言に続いた宗士朗の言葉に、菜箸を握りながら答えた。

「おれは食パンでもいいし、どうにでもなるから、二人で食って！　宗士朗はカフェオレで……昇吾はココアか？」

「ん……冷たいの」

頭の中で各自のリクエストを復唱しながらスクランブルエッグを作り、白い皿にベーコンと合わせて盛りつける。

少量でビニールパッキングして売られている、便利なカットサラダを添えてミニトマトを飾った。

湯気の立つ白いプレートを三つ並べ終えると同時に、宗士朗がトースターから取り出したバターロールを熱のこもらない籠に盛り、食卓の中央に置く。

昇吾は、自分のイスに座ってピーナツバターの容器にスプーンを突っ込んでいた。

「昇吾、いただきますは？　ココア……はい、どうぞ」

「いたーだきます」

スプーンから手を離して両手を合わせて挨拶をした昇吾に、「どうぞ召し上がれ」と答える。先端の丸いフォークを昇吾のプレートの隅にのせ、回れ右をしてポットに向かうと、インスタントコーヒーで大人組のカフェオレを作る。

両手にコーヒーカップを持ってダイニングテーブルを振り向いた颯季は、「昇吾」と低く名前を呼んだ。

「トマト、おれの皿に移しただろ。たった一つなんだから、きちんと食べな」

素知らぬ顔をしているが、ミニトマトを颯季のプレートに移動させたことは明白だった。各自一つずつしか飾っていないのに、颯季のプレートには二つあって……昇吾のプレートにはヘタさえないのだから、このミニトマトがどこから来たのかなど丸わかりだ。

「いらない。あのね、トマトさんが、さっちゃんに食べてほしいって……」

首を振ってミニトマトを拒否した昇吾は、ぽつぽつと苦しい言い訳を続けた。

颯季は、昇吾と向かい合う位置にあるイスに腰かけながらため息をついて、わざと難しい顔で言い返した。

「言ってない！　おれには聞こえません。昇吾が食べるトマトだよ」

フォークにのせて、昇吾のプレートに返却する。直後、ムッと頬を膨らませた昇吾がミニトマトを掴んでテーブルに投げ出した。

「いらない！」

「あっ、こら！　食べ物を投げるな！」

昇吾は叱責《しっせき》した颯季と目を合わせることなく、忙しなく首を左右に振ってテーブルを両手で叩いた。

「いーらーなーいー！」

昇吾は、よく言えば意思がハッキリしている……つまり頑固で、一度「イヤ」と首を横に振ると、聞く耳を持たない。こうして駄々を捏ねだすと、母親である姉でもなかなか宥められなかった。

ただ、こちらが根負けして折れてしまうと、また同じようなことが起きた時に我儘《わがまま》を通そうとする。

だから颯季は、敢《あ》えて険しい顔をして低く言い返した。

「小さいの一個なんだから、パクッで終わりだ。それくらい、食べろって。ほら、早く食べないと、保育園に遅刻するぞ」

テーブルに投げ出したものは自分が口にすることにして、颯季の皿にあるミニトマトを昇吾のプレートに移す。

ここでイライラしてしまったら、昇吾にも伝染する。感情を荒らげそうな自分を「我慢だ。堪《こら》えろ」となんとか抑制していたのに、

「イヤ！」

そう言い放って、再びミニトマトを投げ出した昇吾に、思わずイスから立ち上がって声のボリュームを上げた。

「イヤじゃない！」

「ヤダ！」

テーブルを挟んで睨み合っていると、それまで自分たちのやり取りを傍観していた宗士朗がボソッと口を開いた。

「……颯季。無理に食べさせるなよ。ますます嫌いになるぞ……ミニトマトを食わないからって、栄養的には大して問題ないだろ」

「宗士朗っ。一回でも食べなくていいってなったら、調子に乗るから」

颯季は、昇吾を擁護するような発言をした宗士朗に抗議の声を上げる。栄養というより、しつけの問題だと言い返すより早く、昇吾が行動に出た。

案の定、昇吾は颯季を咎めた宗士朗を、自分の味方だと認識したらしい。フォークを床に投げ捨てて、いーっと歯を剥き出しにした。

「キライ！　トマトもさっちゃんも、全部キライ！　ママなら、トマト食べなくていいって言う！」

昇吾の口から出た「ママ」の一言に、ギクリとした。

母親である姉なら、うまく昇吾に食べさせられる。それは、間違いない。

こんなふうに癇癪《かんしゃく》を起こしても、根気強く向き合って諭すことができるのに……自分では、これ以上どうすればいいのかわからない。

「ああ、そーかよ。わかった。じゃあ、もう食べなくていい！」

大人げない、ということは百も承知だ。

でも、これ以上無様に四歳児と言い合いをしないためには、この場を離れるのが最善策だとばかりに早足でキッチンを出る。

「昇吾、さっちゃんにキライとか言うな。悲しいって、泣くかもしれないぞ」

そんな宗士朗の声は聞こえていたけれど、わざわざ引き返して否定する気力はなくて、「泣くかよ」と独り言を零す。

昇吾のことは、宗士朗がなんとかフォローしてくれるだろう。このイライラを、少しでも鎮めるために……洗濯機を回そう。

そう決めた颯季は、和室に寄って昇吾のパジャマを回収して、洗濯機を置いてある脱衣洗面所に向かった。

使用済みのタオルや服を洗濯機に投げ込んで、洗剤を投入する。柔軟剤をセットして蓋を閉めて、スタートボタンを押してしまえば……やることがなくなってしまい、手持ち無《ぶ》沙汰《さた》になる。

「くそっ、昇吾と同じレベルで言い合いして……しかも逃げ出すとか、最悪。昇吾、おれが怖い顔で怒ったせいで泣いてないかなぁ。宗士朗は、呆れてるだろうな」

ゴウンゴウンと低い音を発しながら回っている洗濯機に両手をつき、振動を感じながら目を閉じ……数分前の自分を省みて、落ち込んだ。

少し寝坊してしまったことで、朝食を食べさせずに保育園に行く羽目になるのでは、と焦っていたせいもある……というのは言い訳だ。

自分の思い通りにならないからと、昇吾に八つ当たりしたのと同じだ。

福祉課の人に「昇吾には、おれがいるから」などと偉そうに宣言しておきながら、うまくトマトを食べさせることすらできない。

姉と義兄がいた頃は、もう少し聞き分けがいい子供だったのだが……突然両親がいなくなったことで、ストレスを我慢という形で表しているのだろうか。

昇吾の淋しさを理解して、うまく受け止めてあげられていないのなら、自分が悪い。

必死になって日々を過ごしているだけで、家事も昇吾の世話も、きちんとできていると胸を張って言える状態ではなくて……自分に対する苛立《いらだ》ちともどかしさで、胸がムカムカする。

たまに、なにもかも投げ出して一人でどこかに行ってしまいたくなるけれど、それをしてしまったら二度とここに戻れなくなるとわかっているから、『逃げたい』という衝動から目を逸らす。

一度、昇吾の信頼を失ってしまったら、もう取り戻せない。颯季は、無条件で慕ってもらえる『母親や父親』ではないのだ。

昇吾の……なにより自分のため、逃げ出してはいけない。

「つき……颯季？」

ぼんやりしていたことに加えて、洗濯機の作動音に遮られ、名前を呼ぶ声に気づくのが遅れた。

背後から、ポンと肩を叩きながら「寝てんのか？　颯季」と耳の脇で呼びかけられ、ビクッと身体を震わせる。

「っ！」

「そんなにビックリするなよ」

「あ……」

振り向くと、宗士朗が立っていた。余程《よほど》驚いた顔をしていたのか、颯季の反応にククッと肩を震わせて笑っている。

「昇吾、俺が保育園に送っていく。荷物、バッグに纏めてあるよな？」

そう言いながら、右手に持っているバッグを胸元まで持ち上げる。

ひよこがプリントされたキャンバス地のトートバッグは、昇吾の通園グッズを収めてあるものに間違いない。

前夜に、必要なものをセットしてあるから、それを持って行ってくれれば大丈夫……とうなずきかけて、ハッと顔を上げた。

「あの、昇吾……朝ごはん」

「ロールパンに卵とレタスをサンドして食わせておいた。ケロッとして食ってたぞ」

そう笑った宗士朗は、颯季の頭に手を置いてグシャグシャと撫で回す。

颯季は大きく息をついて、足元に向かってつぶやいた。

「……宗士朗が食べろって言ったら、ちゃんと食べるんだ」

昇吾が一応朝食を食べてくれたらしいことにはホッとしたけれど、宗士朗の言うことは聞くのかと複雑な気分だ。

「颯季には、甘えてるんだよ。あ……でも、ミニトマトだけは間違っても口にしないって意思表示なのか、難しい顔で脇に避けてたがな。食嗜好なんて年と共に変化するもんだから、そのうち食べられるようになるんじゃないか？　しっかしあの頑固さ、兄貴や夏海さんよりおまえに似てるんだろ」

笑って口にした宗士朗は、昇吾と同じレベルで言い合いをした颯季の子供じみた態度に、呆れていないらしい。

そのことに安堵して、強張っていた肩の力を抜いた。

「おれ、それほど意地っ張りじゃない。……と、思う」

「そっか？　あいつくらいの頃のおまえは、もっと頑固だったぞ。チビのクセに、しょっちゅう泣くのを我慢して真っ赤な顔になってた。そう考えたら、昇吾のほうが感情表現はストレートか。兄貴、息子が可愛いあまり甘やかしてたんだろ」

「……確かに、祐一朗さんは昇吾に甘かった」

ふっ……と、自然と頬を緩ませることのできた自分にホッとした。

余裕のないやり取りを見せてしまったことが気まずくて、宗士朗と目を合わせられないことに気づいているのだろう。

颯季の頭を、ポンと軽く叩いて大きな手が離れていく。

「昇吾のため……っていうのはわかるが、おまえ、なにもかも完璧にやろうとするなよ。出来合いのものを買ってきてもいいし、最近の冷凍食品は種類も味も優秀だ。両親がそろってる家でも、たまには外食をするもんだろ。何回も誘ってるのに、まだ一回もレストランに来ねぇし。俺の職場見学、したくないか？」

颯季が、キャパシティいっぱいになっていることは、宗士朗には見透かされているに違いない。

きっと、颯季が気に病まないように言葉を選んでくれていて……だから、尚更素直にうなずけない。

「おれは、完璧じゃない。姉ちゃんは、惣菜を買ってきたりしなかった。外食も……数えるくらいしか、したことがない。おれみたいに、パックサラダを買うとか……手抜きなんか、していなかった」

俯いたままポツポツ言い返した颯季に、宗士朗はどんな顔をしているのだろう。頑固も過ぎれば可愛げがないと、眉を顰めているかもしれない。

「だから、完璧を目指すなって言ってんだよ。パックサラダくらいで、手抜きか？　世の中の、働くおかーさんに手厳しいなぁ」

ふっと笑みを含んだ声でそんな言い方をされてしまい、慌てて首を左右に振る。

上手に便利なものを利用している、『世の中の働くお母さん』にケンカを売るつもりではないのだ。

「そんなつもりじゃない！　ただ……おれが、これ以上怠《なま》けるのは自分に対して許せないってだけだよ」

「怠ける、か。たまの休憩は、手抜きじゃなくて気を休めるってことじゃないのか？」

モノは言いようというやつか。

颯季の神経を逆撫《さかな》でしないよう、静かに語る宗士朗に、もうなにも言い返せなくなってしまった。

颯季が完全に口を噤んだせいか、宗士朗が「じゃ、昇吾を保育園に送ってくるな」と会話を切り上げた。これ以上、無様な姿を見せたくなかったので、一人にしてくれるのはありがたい。

視界に映っていた宗士朗の足が方向を変え、わずかに漂っていた緊張を完全に手放そうとした……が。

「あ、颯季はトイレに籠って、うんこしてるとでも言っておく」

颯季に背中を向けたまま放たれた宗士朗の言葉に、ギョッと目を見開いて顔を上げた。

保育園への送りを宗士朗に任せるだけでなく、玄関先に出て見送らないことに対する言い訳をしてくれるのは、宗士朗の気遣いだと思う。

けれど、どうしてわざわざそんな創作をするのだ。

「な……っ、バカ！　普通に、洗濯中だって言えばいいだろ！　変な嘘をつかなくていい！」

気まずい空気が漂っていたことも忘れて、普段と同じ調子で言い返す。宗士朗は、脚を止めることなく、

「ははは」

と、わざとらしく朗らかな笑いを残して去って行った。

洗濯機の前に残された颯季は、呆然とする。

颯季の苦情を笑って流した宗士朗が、実際にどんな言葉を昇吾に告げるのか謎だ。

最近の昇吾は、下ネタを口にしては得意そうな顔をしている。どうも、保育園で流行《はや》っているらしい。

颯季自身も、小学校低学年の頃までは同類だった。今から思えばなにが楽しいのか、下ネタを言い放っては姉に怒られていたという覚えがないわけではないので、厳しく叱《しか》れなくて……ますます昇吾が増長《ぞうちょう》する。

きっと昇吾は、いつもなら「ダメだ」と咎める立場である大人の宗士朗が口にした下ネタに笑うだろうから、機嫌を取るという意味では間違っていないと思うけれど……。

「あー……あ」

爽やかな朝日を浴びてご近所を歩きながら、「うんこ」がナントカと言って笑い合う二人を想像すると、頭が痛くなってきた。

「颯季」

「はいっ？」

一旦廊下に出た宗士朗が、ひょいと顔を覗かせる。頭を抱えそうになっていた手を下ろして颯季が顔を向けると、ニヤリと笑って口を開いた。

「言い忘れた。……必要以上に頑張ると、限界が来た時に予想外の切れ方をして、自分で自分にビビるぞ」

なにひとつ反論できない颯季を残して、今度こそ姿を消す。

廊下からは、「お待たせ昇吾。行くぞー」という宗士朗の声が聞こえてきて、グッと手を握り締めた。

颯季の性格は、予想以上にきっちり把握されている……ということか。

「なんだよ、大人げないかと思ったら」

見ていないようできちんと見ていて、軽口で颯季の気を抜いた瞬間に釘を刺す。その忠告は、やたらと効果的に胸の真ん中へと刺さった。

宗士朗はちゃんと大人なのだと、不意打ちで思い知らされた気分だ。なんだか格好いいじゃないか……と胸の奥に甘いものが込み上げて、『家族』に抱いていい感情ではないだろうと、慌てて打ち消す。

そうして、少しばかり見直したのに。

「さっちゃんはー？」

「あー……うんこしてる」

玄関を出て行きながらの会話だろう。声は遠かったけれど、間違いなくそんなやり取りが耳に届き、握り締めた拳を震わせる。

宗士朗め、有言実行しやがった。

「大人だとか……一瞬でも感心したおれが、バカだった」

複雑な思いで唇を噛む。

ただ、つい先ほどまで胸の内側に渦巻いていた自己嫌悪と不甲斐なさが入り混じったモヤモヤは、いつの間にかどこかに行っていた。

宗士朗のおかげ……と、素直に感謝する気にはなれないが。

□□□

教室内にガヤガヤと喧騒が満ち、昼休みを待ち侘びていた……という、浮かれた空気が漂っている。

弁当箱を取り出す気になれない颯季が机に突っ伏していると、ツンと頭の天辺《てっぺん》を指先で突かれた。

颯季が顔を上げるより早く、頭上から馴染みのある声が降ってくる。

「颯季？　昼飯、食わねーの？」

昼休みはほぼ毎日、隣のクラスの泰知が弁当箱を持参して、颯季と紗羅の教室にやって来る。

「食う。朝飯を食べそびれたから、腹減った」

いつまでも机に突っ伏しているわけにもいかないので、のろのろと頭を起こした。

机の脇にいるのは泰知だけかと思えば、

「あたしも、お腹すいたぁ。早くお弁当食べよーよ」

紗羅がそう口にしながら、颯季の机の隅に巾着《きんちゃく》に包まれた弁当箱を置いた。

思わず、「紗羅もいたのか」とつぶやいた颯季に、ムッとした顔で言い返してくる。

「なに。あたしが一緒だと都合が悪い？」

「ま、まさか。あっちは、いいのかなー……と思って」

凄まれた颯季は、ぎこちなく首を横に振って紗羅と行動を共にしている女子グループを横目で見遣った。紗羅は、同じクラスの女子連中と弁当を広げることがほとんどだ。

「いいの。今日は、こっちと一緒するって言ってあるから」

女子連中は、自分たち三人が幼馴染みだと知っているので、「いってら～」と気楽に送り出してくれるらしい。

今日は、遅刻ギリギリで登校した颯季が、休み時間も机に突っ伏して過ごしていたことを気にして、こちらにやってきたのだろう。

「もうちょっと、コンパクトな弁当箱にしてほしいな」

「……泰知のお母さん、相変わらず気合いが入ってるわね」

ゴトッと鈍い音を立てて置かれた泰知の弁当箱は、二段になっていて……弁当箱というより、お重の風体だ。泰知の弁当箱はもともと大きかったが、夏休み前までと比べれば倍ほどもある。

泰知はなにも言わないが、颯季とおかずをシェアしろ……という彼の母親の配慮だと想像がつく。

気を遣わせて申し訳ないと思いながら、巨大な弁当箱を包む風呂敷を解く泰知の手元をジッと見据えた。

「颯季？　腹減り過ぎて、ガス欠寸前か？　とりあえず、唐揚げでも齧ってろ」

苦笑した泰知に、プラスチックのピックが刺さっている唐揚げを口元に差し出されて、反射的に齧りつく。

醤油と生姜《しょうが》が利いていて、美味だ。空っぽの胃に染み渡る。

「めちゃウマい」

颯季は唐揚げをゆっくり咀嚼して飲み込むと、自分の弁当箱を取り出した。

自然解凍ＯＫが売り文句の冷凍焼きお握りが二つと、朝食の残りもののスクランブルエッグにレタスだけのサラダ、ミニトマトが二つ。

今朝はバタバタとしていたので、悲惨な弁当だと自分でも思う。

幸いなのは、昇吾の通う保育園ではお昼に給食を出してくれることだ。昇吾にはこんなふうに適当なものを持たせられないから、朝の作業に昇吾の弁当作りが加わっていたら毎朝学校に遅刻するはめになっていたかもしれない。

二つ並んだミニトマトを見下ろすと、嫌でも朝食時の昇吾とのやり取りを思い出してしまい、朝から幾度となく繰り返したため息がまたしても零れた。

「陰気なため息をついてないで、食えよ」

「ん、ありがと」

颯季の弁当箱の隅に、泰知の母作の一口ハンバーグが置かれる。ありがたく相伴《しょうばん》にあずかることにして、箸を動かした。

紗羅も、「アスパラベーコンちょうだい」とか「ピクルスおいしー」とか言いながら、泰知の『お重』に箸を伸ばす。

巨大な泰知の弁当を、三人がかりで食べ尽くして「ご馳走さまでした」と両手を合わせた。

持参した弁当では確実に足りなかったので、今日はいつにも増して泰知の母親に感謝しなければ。

昼食に時間をかけたせいで、弁当箱を片づけた頃には、昼休みの残り時間は十分ほどになっていた。

颯季が言い出すのを待ってくれているのか、紗羅も泰知も「なにかあったのか」と尋ねてこない。

弱音を吐くのは情けないと思うけれど、言えるとしたら颯季の家庭事情をすべて知っている二人しかいない。

携帯ボトルで持参したお茶を一口含み、喉を湿らせて口を開いた。

「朝食の時に、昇吾の嫌いなミニトマトを食べさせようとして、朝っぱらからケンカしちゃった。やっぱさ、姉ちゃん……昇吾にとっては『母親』って存在には、敵わないんだよな。そんなことは当然だし、わかってたけど……叱った時にママはそんなこと言わないとかって引き合いに出されるのは、結構……すげーキツい。たぶん、淋《さび》しいのを我慢してて……でも、それをぶつけてくることもなくて。おれじゃ姉ちゃんの代わりなんかできっこないって、思い知らされる」

ポツポツ口にしながら徐々に頭が下がっていき、机にコツンと額を打ちつける。

姉と義兄に代わり、自分が昇吾を育てると宣言してからまだ一ヵ月も経っていない。

でも事あるごとに、自分では姉の……昇吾にとって『ママ』の代理などできないのだと、痛感する。

二人がいなくなってから一週間ほどは、「ママは？」とか「パパ、いつお帰りするの？」と尋ねてきた昇吾に、「二人とも少し遠くに行っているから、もうちょっと帰ってこない」と誤魔化していた。

ブルガリアでの仕事を辞め、住居を引き払って帰国した宗士朗が同居するようになったら、声や雰囲気が似ているせいで「パパ」と間違えては不思議そうに「違う」と首を捻り、淋しそうに「まだ帰ってこないの？」と、つぶやく。

子供でも、生活全般における様々な違和を察しているはずだ。

それでも、日常生活に身を置くうちに、昇吾なりに折り合いをつけたのだろう。

ここしばらくは二人の不在について口に出すこともなかったのだが、今朝は叱ったタイミングで「ママ」を持ち出されてしまい、参った。

「まー……あれだ。颯季は、『ママ』にはなれないよな。そいつは、仕方ない」

のほほんとした泰知の言葉に、額を押しつけた机の匂いを嗅いでいた颯季は、自然と唇を緩ませる。

落ち込む自分を前にして、茶化すのか？　と怒る気にはならない。深刻ぶって慰められたら、きっとますます気分が沈んでいた。

「顔は、夏海お姉ちゃんにそっくりなのにね」

「……そっくりってほど、似てるかぁ？」

よく似た姉弟だ、ということは周りから言われていたので、否定はしない。ただ、『そっくり』と言われるほどだろうか？　自分は男なので、姉とはさすがに『そっくり』ではない……と思いたい。

疑問を口にしながら伏せていた顔を上げると、泰知と紗羅がマジマジと顔を見詰めてくる。

あまりにも強烈な視線に、思わず身を引いて二人の視線から身を遠ざける。

「意識してなかったけど、顔の造りは本当に似てるな」

「でしょ？　薄くでもメイクしたら、もっとそっくりになると思うのよね。背格好も……ちょっとしか変わらないし」

ガシッと紗羅の手に肩を掴まれ、頬を引《ひ》き攣《つ》らせた。

長身だった義兄や宗士朗とは比較にならないのは当然ながら、同じ年の泰知と並んでも見劣りする体格だ。

「どうせ貧相だよ」

姉との身長差は三、四センチだったし……上背はなんとか百七十センチを超えたが、身体の幅や厚みは我ながら乏しいと思う。

「似てたところで、なんにもいいことない……。昇吾に淋しいって泣かれることがなくなったり……聞き分けがよくなるってわけでもないし」

だいたい、少しばかり見てくれが似ていたとしても『姉』そのものではない。昇吾にとって『母親の代わり』にはなれないのだから、無意味……と顔を顰《しか》めたところで、紗羅がポンと手を打った。

「ねっ、名案を思いついちゃった」

「……なんだよ」

机に手をついて身を乗り出した紗羅に、颯季は頬を引き攣らせた。

嫌な予感しかしない。

そう感じたのは泰知も同じらしく、ほんの少し眉を顰めて口を開く。

「昔っから、紗羅が目をキラキラさせて名案って言い出したことには、ロクなことがないんだよなー」

颯季も泰知も、懐疑的《かいぎてき》な目で紗羅を見る。

名案の内容を聞きもせずに逃げを打ったせいか、紗羅は両手で泰知と颯季の腕を掴んで脅しをかけてくる。

「話を聞く気もないわけ？」

「……とりあえず、聞きます」

「お話しください」

腕にギリギリと爪を食い込ませながら、恐ろしい目で睨みつけられた颯季と泰知は、ぎこちなく首を左右に振って紗羅に『名案』を語るよう促した。

《五》

「やっぱりさー……紗羅の『名案』は、ロクでもなかったよな」

「この状態のおれを見て、その感想か」

思わず零れた、といった泰知のつぶやきを耳にした颯季は、ますます情けない気分になって言い返した。

ただでさえ、居たたまれない心情で佇《たたず》んでいるのだ。その『ロクでもない名案』の結果が今の自分だと思えば、作り笑いが引き攣る。

「いや、完成品のデキはいい。うーん……だからこそ、ますますなんとも言えず……」

フォローを試みたらしい泰知は、チラリと颯季を見下ろしてそう口にすると、明後日の方向へと視線を泳がせた。

すると、颯季を挟んで泰知とは反対側にいる紗羅が、ムッとした顔で腕を組んだ。

「なによ、二人とも微妙な顔して。キレーでしょ？　ほとんど手を入れてなくてコレって、腹立つわぁ。男子に嫉妬《しっと》する自分が、ますますムカツク……」

アイラインもマスカラも不要。眉を整えて軽くパウダーを叩《はた》いて、色つきリップを塗っただけなのに……と不満そうに唇を尖らせて、颯季を横目で睨んでくる。

そういう紗羅自身も、ほとんど化粧で盛る必要のない容姿だと思うが、どうやら「コレで性別男子ってところが、一番フクザツ」ということらしい。

自ら綺麗にしてくれなどと望んだわけではない颯季にしてみれば、理不尽としか言いようのない苦情だ。

「そんなこと言われても、おれが」

「仕上げは服ね。夏海お姉ちゃんとあたしの服じゃ、系統が違いすぎるから……」

紗羅は、反論しかけた颯季の言葉を、犬に「待て」を指示するかのように手のひらを突き出して遮ると、思案の表情を浮かべる。

服？　まさか、スカートを穿けと？

唇の端をヒクリと引き攣らせた颯季の予感は、見事に的中した。

「夏海お姉ちゃんの服、借りていいかな」

考え込んでいた紗羅は、さすがに遠慮がちに姉の服を拝借したい、という案を出してくる。

化粧を施されている上に髪にもピンをつけられ……散々沙羅にいじられているのだか

ら、スカートは遠慮したいとの抵抗は今更か。

いっそ、とことん女装を極めてやる、という気分になる。毒を食らわば皿まで、というやつだろうか。

逆らうことを諦めた颯季は、

「……和室の押し入れにある、衣装ケースの中。そのまんまにしてあるから、適当に見繕っていいよ。あ、昇吾を起こさないようにコッソリな」

もう、煮るなり焼くなりどうとでもしてくれと、廊下を指差した。

和室では、昇吾が昼寝をしている。ぐっすり眠っていると少しくらいの物音では目を覚まさないが、そろそろ起き出してもおかしくない時間だ。

土曜日は昇吾が午前中保育で、宗士朗は遅番なので昼からの出勤で……と、紗羅曰く『名案』を実行するには都合がよかった。

まさか、『名案』がコレだとは……紗羅の持参した、やけに大きなバッグから取り出したメイク関係の小道具を手に迫られるまで、思いつきもしなかったけれど。

颯季が『姉』、いや『ママ』になり、昇吾の淋しさを紛らわすなど、それほどうまくいくものだろうか？

和室に向かうべく紗羅がリビングを出て行くと、颯季はまたしても大きなため息をついた。

「ギャグだろ、これ」

「いや……そうでもないって。デキはいいって言ったろ。つーか、ホントに夏海さんに似てたんだな。こうして見ると、そっくり」

真顔の泰知にマジマジと見詰められて、そうかなぁと首を捻る。

薄くとはいえ、化粧をした自分の顔はあまり見たいものではないので、紗羅に「自信作!」と突きつけられた手鏡から目を逸らしてしまったのだ。

「女装して、姉ちゃんのふりをして昇吾に逢うってか? そういう映画、あったなぁ。でも紗羅には悪いけど、浅知恵ってやつだな。いくら昇吾が子供でも、騙されないだろ。母親とは違うって、わかるに決まってる」

「んー……どうだろ。さすがに夏海さん本人だとは思わなくても、言い聞かせようによっては……」

グッタリとした気分で、泰知と顔を突き合わせて話していると、両手で服を抱えた紗羅が戻ってきた。

「お待たせ。これなら、体型もわかりづらいし……ウエストが入らないとか、サイズ的な問題もなさそうだけど、どう?」

そう言いながら紗羅が広げた服を、颯季はジッと見詰めた。

白地にブルーの花が描かれたワンピースと、紺色のゆったりとしたカーディガンは、姉が気に入っていたものだ。

今年の夏も、この服を着て昇吾と手を繋ぎ、夏祭りに出かけていた……。

義兄と姉がいなくなってから、意識して二人の遺したものを目に入れないようにしていた。毎日の生活に精いっぱいで、立ち止まって感傷に浸る余裕もなかったから……というのは、言い訳だ。

本当は、姉の痕跡を前にした自分がどんな心情になるのか怖かったのだ。昇吾の目に触れて、「ママは？」と問い詰められたり泣かれたりするのも、恐れていた。

颯季が無言のせいか、紗羅が不安そうな顔になる。

「颯季？　これ、ダメかな。なにか、特別なものだった？」

「あ……ううん。特別は特別だけど、大丈夫」

今、颯季の胸に込み上げるのは、喪失感と寂寥と、締めつけられるような懐かしさが複雑に交錯したものだった。

自分でも不思議なくらい、感情が乱れない。

颯季を目《ま》の当たりにした姉に、「さっちゃんたちってば、面白いこと考えるのね」と笑われているかのような、不思議な感覚に襲われる。

「……不恰好でも、笑うなよ」

着ていたシャツとハーフパンツを手早く脱ぎ捨てて、紗羅から受け取ったワンピースを被る。

幸いと言うべきか、ワンピースもカーディガンも余裕のあるサイズなので、難なく袖を通すことができてしまった。十八の男としては、複雑な気分だ。

「おお……これは、ますます似てるぞ。本人とまではいかなくても、いや、コンタクトを外していたり夜に薄暗いところで逢ったら、見誤るかも。血の繋がりって、すげーなぁ」

「うーん……我ながら、想像以上の出来栄え。あたし、才能あるかも。……昇ちゃんを騙すのは心苦しいけど」

「昇吾がチビでも、騙されるかぁ？」

言葉のない颯季をマジマジと観察しながら、泰知と紗羅が言葉を交わす。

仁王立ちした颯季は、どうやって昇吾を騙すんだよ……と天井に視線をさ迷わせた。

泰知の言うとおり、いくら昇吾が子供で颯季が姉に似ていても、母親本人だとは思わないはずだ。

「モノは試しよ。起き抜けだったら、寝惚けてるだろうし……あ、いいタイミング」

真剣な表情で颯季を眺めていた紗羅の視線が、ふと扉を開けたままの廊下との境に向けられた。

「昇ちゃん、おはよ」

表情を緩ませて昇吾の名前を呼んだということは、昼寝から目覚めて起き出してきたらしい。

颯季は、ビクッと身体を震わせただけで振り向くことができない。硬直していると、背中越しに昇吾の声が聞こえてきた。

「ん……おはよ。さっちゃん、ここにいる？　……ママ？」

よく目にしていた姉の服を着ていることで、颯季の後ろ姿に「ママ」と呼びかけてきたに違いない。不思議そうな声音だ。

振り返るのが怖い。母親ではないことを知った昇吾を、落胆《らくたん》させ……傷つけるかもしれない。

身動《みじろ》ぎもできずに泣きそうな気分で突っ立っていると、紗羅が「あのね」と昇吾に声をかけた。

「昇ちゃんのママは、今はすごく遠いところにいてなかなか逢えないって、さっちゃんが言ってたでしょ？　でも、昇ちゃんに逢いたいから、えーっと……さっちゃんの身体を借りて昇ちゃんの夢に出てきてくれたの。だから今は、さっちゃんでママなのよ」

きっと、颯季が『姉』に扮《ふん》しきれない場合を考えて、予防線を張っているのだろう。

かなり苦しい言い訳だ。

なにより、下手なことを言えば『嘘』に気づかれてしまうのでは……と思えば、なにも言えない。

「さっちゃんで、ママ？　どっち？」

「どっちも。さっちゃんに見えるかもしれないけど、ママって呼んでみて。これは夢だから、不思議がいっぱいなの」

昇吾を言い包めようとする紗羅の語りを黙って聞いていた颯季は、心の中で「おいおい、さすがにそれは強引すぎるだろ」と、つぶやいた。

いくらなんでも、『夢』で誤魔化せるか？　確かに、颯季の身体でも中身が『ママ』だということにしてしまえば、声が颯季のものでも強引に昇吾を納得させられるかもしれないけれど。

助けを求める心情で泰知に視線を向けると、泰知も複雑そうな顔で目を泳がせている。

「ママ？」

背後からワンピースの裾を掴んでツンと引っ張られ、強く拳を握り締めた。

期待と不安の入り混じった昇吾の呼びかけを、無視することは……できない。

ええい、なるようになれ！　と振り向いて昇吾を見下ろす。目が合い……息苦しいほどの沈黙が漂った。

祈るような気分で昇吾のリアクションを待っていると、唇を引き結んでジッと颯季を見上げていた昇吾が、膠着《こうちゃく》状態を破った。

恐る恐る……という形容がピッタリの動きで、颯季に手を伸ばしてくる。

反射的にその手を握ると、昇吾の瞳に見る見るうちに涙が湧き上がってくる。

やっぱり、騙せるわけがない。泣かれる……と覚悟した颯季が、ギュッと目を閉じたと同時に、脚に縋りついてくる。

「ママ！　あのね、あいたかったの。お話したいことが、いっぱい。でもね、一番に抱っこしてほしいの。赤ちゃんじゃないからダメ？」

表面張力によって、ギリギリのところで溜まっていた水がコップから溢れ出すかのように、昇吾が感情を噴出させる。

痛いほどの力で抱きつく昇吾の頭を見下ろしていた颯季は、すぐに返事ができない。

黙っていてはダメだ。昇吾を不安にさせている。なにか……一言でも、言葉を返してあげなければ。

無意識に詰めていた息を吸うと、喉の奥から、ようやく声を搾り出した。

「ダメ……なわけ、ない」

握り締めていた拳を解いた颯季は、そろりと床に膝をついて昇吾の身体を抱き締めた。

颯季の首に抱きついてきた昇吾は、声を上げて堰《せき》を切ったように泣き出す。

これまでずっと、我慢していたのだろうか。義兄と姉がいなくなってから、颯季の前では一度もこんなふうに泣いたことはなかったのに……。

「ごめ……昇吾、ごめん……」

「うぇ……っ、ひ……っひぅ……っママ。ずっと、ここにいて。どこにもっ、行かないで。昇吾と、いっしょ……ッ」

しゃくり上げながら懸命に思いを伝えてくる昇吾に、「うん」と言ってあげたい。大丈夫だよと、背中を抱いてあげたいけれど……できない。

颯季は、昇吾が求める『ママ』ではないのだ。

「……ごめん、ね。ずっとはいられない」

ぽつりと口にした颯季を、昇吾は涙と鼻水でグシャグシャになった顔で見上げた。

手を伸ばして顔を拭っていると、昇吾は首を横に振って颯季の手から逃れる。

「な、んで……ダメ？　昇吾がいい子じゃないからっ？　もう、ワガママ言わない。ママもパパも、さっちゃんの言うことも全部聞くから。あとね、そーちゃんの言うことも聞く。だから、お願い！」

一生懸命、いい子になるから傍にいてほしいと懇願する昇吾に、颯季が返せる言葉は……一言しかなかった。

「ごめん」

「ごめんはヤダ！」

謝ることしかできない颯季に、昇吾は、離すものかという思いの強さを表すかのように、ギュッとしがみついてくる。

泣いているせいで体温を上げた、汗ばむ小さな身体を抱き締めるばかりの颯季は、それでも「ごめんね。でも、また逢いにくるから」としか言えなかった。

ヤダ！　ずっと一緒にいてよ、と繰り返す昇吾は颯季に抱きついたまま、泣いて、泣いて……泣き疲れたに違いない。

「昇吾？」

静かになった昇吾を見下ろすと、ついさっき昼寝から覚めたばかりなのに眠っていた。

涙ながらの懇願から逃れられたことにホッとして、床に座り込んだ颯季は不安定な体勢だった昇吾を腕の中に抱き直す。

「……なんか、すげー悪いことをした気分」

気配を殺し、一部始終を傍観していた泰知が、ポツリとつぶやいた。

それは、颯季の胸に渦巻く複雑な思いの一端を代弁した一言で、罪悪感が疼《うず》く。

こんなふうに騙すのは、間違いだったのではないか。

姉のふりをして、一時的に喜ばせて……でも、ずっと昇吾の傍にいてあげることはできないのだ。

やってしまったことは、取り返しがつかないけれど……。

そう唇を噛んでいる颯季の腕に、紗羅が手をかける。

「颯季、昇ちゃんが寝ているうちに顔を洗って着替えて、『颯季』に戻って。何か言われたら、ママと逢ったのは夢だよって言い聞かせましょ」

「紗羅っ、でも」

自分と泰知の複雑な気分が、昇吾の様子を目にしていながらわからないのか、とかすかな批判を込めて紗羅の名前を呼ぶ。

こんな昇吾を目の当たりにして、まだ騙そうとするのか……責める言葉を堪えて紗羅を見遣ると、真っ赤な目で颯季の腕の中にいる昇吾を見ていた。瞬きをすると、ギリギリのところで留まっていた涙が一滴頬を伝い、なにも言えなくなる。

右手の甲でグッと頬を拭った紗羅は、昇吾を見下ろしたままポツリとつぶやく。

「……だって、昇ちゃんの顔を見てよ」

紗羅に促されて、そろりと昇吾の顔に目を落とすと……睫毛《まつげ》に涙の雫を残しつつ、微笑を浮かべていた。

姉に……母親に抱かれて眠っている心地なのか、安堵しきった表情で颯季の胸元に頬を寄せている。

「悪いことだと思う？」

「…………」

颯季はもう、なにも言えない。

泰知も無言で、昇吾の髪に指先で触れている。

淋しさを吐き出させて、「ママ」と呼ばせて甘えさせて、その場限りの幸福感を与えても、偽物なのに……満足そうな昇吾の顔を見ると、揺らぐ。

ほんの一時でも、昇吾の淋しさは紛れたのだろうか。それなら、無駄なことではないと思いたいけれど。

こうして姉を装うことが、昇吾にとっていいことか悪いことなのか……今の颯季には、結論を出すことはできなかった。

□□□

レトロな焦げ茶色の扉を引くと、上部に取りつけられたカウベルがカランと鳴る。

淡いオレンジのエプロンを身に着けた女性が、戸口に立つ颯季たちを振り向いて「いらっしゃいませ」と笑いかけてきた。

素早く視線を走らせた店内は、オレンジ色の暖かそうな照明が照らす落ち着いた空間だ。人数の変化に応じて移動させられる二人がけのテーブルが三つ、四人がけのものが一つ、一番奥には六人でも狭さを感じないだろう大きなテーブルが一つ。

事前に聞いていた通り、小ぢんまりとした店だ。

ちょうど二人がけのテーブルを使っていた客が帰ったところらしく、店内に他の客の姿はない。

「四名様ですね。あちらのテーブルにどうぞ」

女性は、テーブルの片づけを中断して颯季たちを席に案内してくれる。

颯季、紗羅、泰知……最後に、颯季と手を繋いでいる昇吾を見下ろして、

「ボクのイス、用意しましょうね」

そう、ふわりと笑いかけられた。昇吾は、嬉しそうにうなずいて「とくとーせき！」と覚えたての言葉を口にする。

調理している姿が見えるオープンキッチンになっているけれど、チラリと目を向けたそこに目的の人物の姿はなかった。

白い調理服を着た、宗士朗と同じくらい長身の男性と目が合った？　と思ったのは一瞬だった。

「こらっ、昇吾。お店の中で走ったらダメだよ」

颯季の意識は、手を離して小走りで奥に向かう昇吾に移る。急いで追いかけ、四人がけテーブルの木製のイスを引っ張る昇吾の手を取った。

昇吾用のキッズチェアを運んで来てくれた女性が、「どちらにセットしましょうか？」と自分たち三人を見回す。

「あ、ここにお願いします」

壁側を指し示した颯季に「はい」とうなずいて、大人用のイスと入れ替える。颯季は昇吾をそこに座らせておいて、隣に着席した。

「レギュラーメニューはこちらで……本日の特別メニューが、こちらになります。お子様用のメニューは、このページに」

「颯季。昇吾。……と、颯季の幼馴染みズだな。せっかくの初訪問なのに、倉庫に引っ込んでるタイミングで来るなよ」

テーブル脇でメニューブックを手にした女性の説明を聞いていると、白い調理服を纏った大柄な男が大股で近づいてきた。

「そんなの知らないよ」

苦笑して答えた颯季の視線を追い、斜め後ろに立つ宗士朗を見上げた女性が、「あら?」と目をしばたたかせた。

「颯季くんに、昇吾くんって……あなたたちが！　いらっしゃい、歓迎するわ。やだ、宗士朗さんたら、事前に言っておいてよ」

「誘ってはいたけど、いつ来るかわからなかったから……すみません」

女性に肘で突かれた宗士朗は、珍しく恐縮《きょうしゅく》した様子で大きな身体を竦めている。

宗士朗さん、か。

随分と親しげな様子だ。

宗士朗に、颯季が知らない人間関係があるのは当然だと頭ではわかっているけれど、胸の奥がチクチクする。

ぼんやりと二人を見上げている颯季に、女性は先ほどまでより親しみを込めた笑みを向けてくる。

目が合い、勝手に変なモヤモヤを感じていたことに対する気まずさに、ぎこちなく視線を逸らした。

「宗士朗さんの甥っ子くんと、弟さんね。噂は常々聞いてたけど……本当に可愛いわぁ。宗士朗さんがメロメロなのも、納得」

「ちょ……恥ずかしいから、やめてください」

慌てたように女性の言葉を制止しようとする宗士朗に、クスクス笑いながらポンと肩を叩く。

「ふふ、そんなに焦らなくてもいいのに。じゃあ私は退散するから、宗士朗さんがオーダーをお伺いしてね。皆さん、お好きなものをどうぞ。初訪問記念に、うちの旦那がご馳走してくれるから」

「……勝手にそんなことを言ったら、先輩に怒られますよ。俺が会計を持ちます」

「文句は言わせないから、大丈夫。遠慮しないでね！」

テーブルを囲む全員にそう言って笑いかけた女性は、楽しそうな足取りでキッチンスペースへと去っていく。

さほど広くない店なので、「ねー、噂の宗士朗さんファミリーがご来店なんだけど」と、フライパンを手にした男性に話しかけている声が聞こえてきた。

キッチンスペースにいる彼女の旦那……という人が、このレストランの店長で宗士朗の先輩か？　と頭の中で事前知識と照らし合わせる。

それなら、親しげに「宗士朗さん」と呼ぶのも納得で……ホッとしてしまった。と同時に、自分の心の狭さを思い知らされて自己嫌悪に陥《おちい》る。

あの胸のチクチクは、宗士朗に対する独占欲……か？

そんなもの、颯季が抱く権利などないのに。

ひっそり落ち込む颯季の心情など知る由《よし》もない宗士朗は、いつもと変わらない調子で口を開く。

「おまえら、デカくなったなぁ。颯季は大して印象が変わんなかったけど、えーと……泰知と、紗羅だったか？」

泰知と、紗羅。

二人の名前を、正確に呼んだ宗士朗に驚いた。

颯季の幼馴染みなので、子供の頃から幾度となく家を出入りしていたが、宗士朗とは年が離れていることもあって、ほとんど顔を合わせていない。しかも、五年余りのブランクが存在して……よく憶えていたな、と不思議な気分になる。

「はい、泰知です。宗士朗さんは、昔よりなんかワイルドになった感じ。颯季に、外国を放浪してたって話を聞いてたから、あんまり驚かないかな」

「……もっと、ゴリラみたいな野性的なイメージだったけど」

泰知と紗羅も、宗士朗に憶えられていたことに驚いたようだ。

仕事中の宗士朗を視察してやる、と意気込んで颯季と昇吾に便乗してレストランを訪れたのに、出端《でばな》をくじかれてしまったという顔で宗士朗に答えている。

「おい、颯季。どんなふうに俺を語った？」

メニューに目を落としていた颯季は、宗士朗の苦情に意識してシレッとした口調で言い返した。

「事実を、そのまま。昇吾、なにが食べたい？　宗士朗がご飯作ってくれるよ」

「……これ。そーちゃん、ごはん作れるの？」

チキンライスとハンバーグがメインのお子様セットを指差した昇吾が、宗士朗を見上げて不思議そうに尋ねる。

レストランからおかずを持ち帰ることはあるが、家では宗士朗がキッチンに立つことはほとんどない。

そのせいで、「宗士朗がご飯を作る」という言葉を信じられないようだ。

背中を屈めた宗士朗は、不審そうな昇吾にニヤリと笑ってうなずいた。

「おお。美味くてビックリするぞ。おまえらはどうする？」

メニューをジッと見ていた颯季は、家で自作することのできないもの……と、クリームコロッケがメインになっているものを選択した。

「Ａセット、ライスで……」

「俺は、Ｄセットかな。ライス、大盛りにしてください」

ハンバーグとエビフライがセットになっているものを選んだ泰知は、ご飯大盛り無料の部分を迷わず指差す。

「あたしはオムライスの、トマトソース……やっぱり、ホワイトソース！」

紗羅は、ミニサラダつきのオムライスの写真を真剣な目で見詰めて、ソースをどれにするか迷い……ようやく決まったらしい。

「畏《かしこ》まりました。お子様Ｂと、ＡセットにＤ……と、オムライスの白、っと。食後のデザートに、ミニアイスをつけてやるよ」

全員のオーダーをメモに書き記した宗士朗は、姿勢を正して「では、少々お待ちください」と頭を下げた。

日本に戻った宗士朗がこのレストランで働き始めて、一ヶ月弱。こうして訪れたのは初めてだけれど、白い調理服を着ていると、颯季の知らない男みたいだ。

家の外で見る宗士朗はどう言えばいいか……心臓がドキドキするくらいきちんと『大人』で、なんとも不思議な感じだった。

昇吾も、家で接する普段の宗士朗とはどこか違うと感じ取っているのか、いつもより口数が少ない。

キッチンスペースに戻った宗士朗は、そこにいた先輩だという店長と言葉を交わしている。入れ替わりに先ほどの女性がやって来て、小さなグラスに入ったオレンジジュースを昇吾の前に置いた。

「ジュースをどうぞ。少しだけ待ってね。先に、昇吾くんのご飯を用意するから」

「ありがとうございます」

昇吾は食事に時間がかかるので、ありがたい。特に、初めて来るレストランに興味津々らしくて、キョロキョロ落ち着かない様子だ。

今は、機嫌よくジュースを飲んでくれている。この調子で、食事の間もジッと座っていてくれればいいのだが……集中して最後まで食べてくれるかどうか、不安だ。

大人しく食べてくれよ、と思いながらチラチラと昇吾を横目で見遣っていると、女性が予想もしていなかったことを言い出した。

「今日はそんなに忙しくないから、私に昇吾くんのご飯の相手をさせてね？　うちにも、昇吾くんと変わらない年の子がいるの。颯季くん、自分のご飯をゆっくり食べられないでしょ」

「そんな、お世話になるわけには」

「いいから、ね」

姉と同じくらい……もう少し、年下だろうか。

颯季に笑いかけてきた彼女の纏う空気は『母親』のもので、躊躇いを残しつつ小さくうなずいた。

昇吾に食事をさせていると、自分はその合間に急いで掻き込むばかりで……学校でお昼を食べる時以外は、ゆっくりできないのは事実だ。宗士朗が「たまには俺に任せろ」と言ってくれても、「昇吾が産まれた時から傍にいるから平気」と……無用な意地で、抱え込んでいるという自覚はある。

姉がいた時に、昇吾の世話を手伝っていたつもりだったが、『手伝う』のと『自分が面倒を見る』のは別物なのだと思い知らされた。

それでも、昇吾を施設に預けろと言った大人たちに「おれが育てる」と啖呵《たんか》を切ったからには、弱音を吐くことができなかった。

人見知りをしない昇吾は、女性を相手に機嫌よくしゃべりながら食事をしてくれて、颯季は紗羅や泰知とゆっくり夕食を楽しむことができた。

帰り際、財布を取り出した自分たちに、女性は「おじさ……お兄さんたちが、受け取るなって言ってるから」と首を横に振って代金を受け取ってくれず、また訪れることを約束してレストランを出た。

優しい女性にたくさん相手をしてもらった昇吾は、上機嫌だ。

「そーちゃんのご飯、おいしかったねー。お家でも作ってくれるかなぁ」

「……昇吾がお願いしたら、作ってくれるかもな」

日頃、精いっぱい家事をしている身としては複雑な気分だ。それでも昇吾に八つ当たりをすることはできなくて、お願いしてみろと言い返す。

紗羅と泰知は、宗士朗の職場見学の感想を語り合っていた。

「どんな破天荒《はてんこう》な人だって思ってたけど、結構普通に、ちゃんと大人だったなぁ」

「……まぁ、予想より普通だったけど」

「ははっ、紗羅は、宗士朗さんに厳しいよな」

「だって、なんか自分勝手な印象が強くて……男の浪漫《ロマン》なんか理解できないもの」

人けの少なくなった住宅街に、自分たちの靴音と声が響く。

昇吾に合わせて、二人の後ろをゆっくりと歩いている颯季は、前髪を撫でる夜風に目を細めた。

さわさわと吹きつける風は爽やかな秋の気配を含み、厳しかった残暑もようやく終焉《しゅうえん》を迎えそうだ。

颯季の着ているシャツの裾をツンツンと引っ張った昇吾が、少しだけ声を潜めて話しかけてきた。

「あのね、さっちゃん。ナイショだけどね、さっちゃんになったママが夢に出たの。昇吾がいい子にしていたら、また逢えるんだって」

泣きながら眠った昇吾が目覚めた際、「ママはどこ？」と尋ねてきた昇吾に、洗顔と着替えを済ませて普段通りに戻っていた颯季が、言い聞かせたのだ。

ママに逢ったのは、夢だ……と。でも、昇吾がいい子にしていたら、きっとまた夢で逢えるよ……と。

約束？　と尋ねてきた昇吾に「うん」とうなずき、『夢のママ』は誰にも内緒だと言い聞かせた。

そうして内緒だと言い含めておかなければ、宗士朗や保育園で誰かにしゃべってしまうかもしれない。

いないはずの『ママ』と、逢ったのだと……子供が語っても、不自然ではないと思う。

ただ、「さっちゃん」と「ママ」と、諸々の情報が混在している昇吾がどんなふうに語るかわからないので、下手に他人に話さないように予防線を張ったほうがいいと判断したのだが……早速、こうして颯季に漏らしている。

嬉しいことを、一番に自分へ報告してくれるのは喜ばしいけれど、子供に『内緒』はやはり難しいようだ。

幸いなのは、この言い方であれば誰かに話しても問題はなさそうだと、確認できたことか。

昇吾本人は内緒話のつもりらしいが、少し前を歩く泰知と紗羅にも聞こえているはずだ。けれど、聞こえないふりをしてくれているようで、振り返りもしない。

ふっと息を吐いた颯季は、背中を屈めて昇吾と視線を合わせた。

「……ナイショなら、そーちゃんには言っちゃダメだぞ。これからは、おれにだけコッソリと話してくれる？」

宗士朗に漏らしたところで『夢の話』だと思ってくれそうだが……内緒だと念押しをして

おく。

「あ、そっか。うん。ナイショ。お話したのは、さっちゃんだけ」

ナイショ、ナイショ……と弾む足取りで歩く昇吾を見下ろした颯季は、深呼吸をして夜空に浮かぶ三日月を仰いだ。

昇吾は、夢だとしてもまたママに逢えると、楽しみにしている。約束したからには、破るわけにはいかない。

騙すことへの罪悪感はあるけれど、今の昇吾には必要なことだろうと……自身に言い聞かせて、唇を噛んだ。

《六》

土曜日は、午前保育の昇吾を保育園に迎えに行って昼食を食べさせ、姉のふりをしてしばらく遊び……疲れた頃に添い寝をして、昼寝をさせる。

夢の『ママ』に対する昇吾は、いつにも増しておしゃべりだ。

颯季には意地を張って言えない保育園でケンカをして泣かされたことなども、『ママ』には言えるらしい。ズルをして昇吾の本音を聞き出しているという罪悪感はあるけれど、颯季にとっても有意義な時間だ。

昇吾が昼寝をしているあいだに『颯季』に戻り、目覚めた昇吾から『夢で逢ったママ』の話を聞く。昇吾の思いをじっくり聞けることで、何を考えているのかわからずイライラする頻度も低くなった。

二度、三度と姉のふりをして昇吾と接するうちに、これが一番いいタイムテーブルだとわかった。

昼寝を挟むことで『夢』に説得力を持たせることができるし、昇吾が眠ってくれれば偽装《ぎそう》した『姉』から『颯季』に戻るタイミングを探らなくてもいい。

本人は「お昼寝しない」と抗っても、横になって絵本を読み聞かせているうちに眠ってくれるのでありがたい。

ただ今日は、なかなか眠ってくれなくて、颯季のほうが先に寝落ちしそうになってしまった。

「寝た……かな」

ようやく眠りに落ちた昇吾を起こさないように、添い寝をしていた布団からそろりと抜け出す。

ふぁ……と、大きなあくびを一つ。チラリと見遣った時計は、十六時を指している。

夜に寝てくれないと困るので、一時間弱で昇吾を起こすとしても、これから夕食の準備に取りかからなければならない。調理の手際があまりよくないこともあり、今日の夕飯は遅くなりそうだ。

息を潜めて和室から廊下に一歩足を踏み出したところで、振り向いて様子を窺う。畳に敷いた布団で眠る昇吾は、規則正しい寝息を立てていた。

「はー……」

背を向けて廊下に出た颯季は、ようやく気を抜いて大きく息を吐いた。

これでやっと、顔を洗って着替えて、『颯季』に戻ることができる。

「うーん……抵抗感がなくなった上に手慣れた自分が、ちょっと複雑だけどなぁ」

姉を装うことが四回目となった今では、紗羅の手を借りることなく女装できるようになった。姉の服に袖を通すことにも、躊躇いはなく……スカートから伸びた自分の足を見下ろして、苦笑を滲ませる。

その素足に感じる空気が、少しひんやりとしている。

「そ……っか。もう十月も末に近いもんな。夏物の服は、限界か」

ワンピースは薄手のコットン生地だし、紺色のカーディガンもサラリとして風通しがいい素材だ。

今度、紗羅に秋物の服を見繕ってもらうべきか……とカーディガン越しに腕を擦った瞬間、玄関扉からガチャガチャと音が聞こえてきた。

「っ！」

心臓が、ドクンと大きく脈打つ。

なに？　外から、鍵が開けられ……た？　この家の鍵を持っているのは、颯季と宗士朗だけなのにっ？

全身を強張らせて見つめていると、玄関扉が外から開かれて長身が姿を現す。後ろ手で

扉を閉めると、

「ただい……ま……」

廊下に立つ颯季に気づいたのか、靴を脱ぎながら顔を上げた。

不自然に声を途切れさせ、動きを止めた宗士朗は……マジマジと颯季を凝視《ぎょうし》している。

我が目に映るソレが信じられないと……言葉はなくても、見開いた瞳が語っていた。

颯季も宗士朗も動きを止めたまま、一言も言葉を発することができない。ただ、空気が凍りついたかのような沈黙が場を支配している。

なにもかもが静止した息苦しいほどの静寂は、どれくらい続いただろうか。

家の前を、大きなエンジン音の車が通ったことで、膠着状態が解かれる。

「え、夏海さ……ん？　いや……」

違う、と。

宗士朗の唇は動いていたが、声になっていない。

脱ぎかけだった靴から足を抜き、動揺を抑えようとしてかゆっくりとした動きで廊下に上がりながらも、宗士朗は颯季から目を逸らさなかった。

一瞬でも視線を逸らしてしまえば、消える……。

そう、恐れているみたいだ。

「颯季……だよな」

「ぁ……うん。見られちゃった」

わざとらしかったかもしれないが、意図して軽い口調で宗士朗に答えながら「へへ」と笑って見せる。

本当は、心臓が壊れそうなほど早鐘を打っていた。ドクドクドク……耳の奥で、うるさいほど反響している。

でも宗士朗が、颯季より遥かに狼狽していることが伝わってくるから、なんとか平静を装うことができる。

「おまえっ、なにやって」

颯季が、いつもと変わらない調子で笑ったことで衝撃から立ち直ったようだ。宗士朗は、困惑と驚愕《きょうがく》、かすかな落胆……？　と、様々なものが入り混じった声を上げる。

「シッ！　声が大きい」

颯季は唇の前で人差し指を立て、和室に目を向けて宗士朗の言葉を遮った。廊下で大声を出せば、昇吾が起き出してくるかもしれない。

ハッとしたように口を噤んだ宗士朗を見上げると、押し殺した声で続ける。

「説明、するから……リビングに入って」

「……ああ」

リビングを指差した颯季に戸惑いを浮かべた顔でうなずいた宗士朗は、動揺を抑え込むかのように深呼吸をして大きく足を踏み出した。

玄関先からリビングに移動したのはいいが、なにからどう話せばいいのかわからない。

宗士朗も同じらしく、ソファに座るでもなく突っ立ったまま口を開いた。

「おまえ……それ……」

どんなふうに尋ねればいいのか、という迷いが声に滲み出ている。

いつもは、目の前でなにが起きても動じない、といった空気を漂わせている宗士朗がわかりやすく動揺していることに、そんな場合ではないとわかっていながら笑いが込み上げてきた。

「なに笑ってんだ」

ジロリと睨まれて、「だって」と言い返す。

「宗士朗が、しどろもどろになってるから。とりあえず、座ろうよ」

ソファを指差した颯季に、「そうだな」と小さく息をついて腰を下ろす。

その隣に、意識して雑な所作で座った颯季は、笑いながら宗士朗の顔を覗き込んだ。

「心配しなくても、趣味でやってるんじゃない。ズケズケ追及したら、傷つけるんじゃないか……って気遣いは不要だよ。宗士朗って、大胆で無神経なようでいて意外と気を遣うよなー」

「……無神経って、なんだよ。俺は繊細だぞ」

顔を顰めて苦情を口にした宗士朗に、「ははっ」と笑って見せたけれど、確かに思っていたよりデリケートかもしれない。

こんなふうに颯季と話しながらも、落ち着きなく視線を泳がせ……さり気なくこちらを見ては、目が合う直前に逸らす。

……泰知や紗羅曰く、姉にそっくりな颯季を目の当たりにして、宗士朗がこれほど困惑するとは思わなかった。

いや、心の隅に蟠《わだかま》っていた『もしかして』は、宗士朗の動揺を予感していた。痛いほどの視線が、その『もしかして』を確実なものとして颯季に突きつける。

「そんなに……姉ちゃんに、似てる？」

小さく問いかけた颯季に、宗士朗は曖昧に首を横に振り……表情を隠すように、右手で前髪を掻き上げた。

「いや……ああ。男兄弟の……同性の俺と兄貴ほどじゃないと思うが、さすが姉弟だな……ってくらいには似てる。まぁ、昔から似てたけど……な」

宗士朗らしくなく、歯切れが悪い。

昔から似てた……か。

颯季は、『知っていた』。姉に似ている自分を、密かに宗士朗が見ていたことを。向けられる視線に含む熱の意味も、今なら……いや、中学生だった当時も薄っすらと察していたのだ。

その熱に煽《あお》られたせいで宗士朗を意識するようになったのか、颯季が宗士朗に抱く特別な想いが彼の目を惹きつける要因になったのか、どちらが先なのかはわからない。

確かなのは、約五年前……宗士朗が行方をくらます頃には、颯季は自分の宗士朗に対する特殊な感情を自覚していたということだけだ。

たとえ、宗士郎が行方をくらませた理由が、姉が昇吾を妊娠したことで恋心を押し殺す苦しさに耐えられなくなったからだとしても……颯季は、宗士郎を好きだった。

離れているあいだに、宗士朗に対する想いは薄まっていると思っていた。でも、顔を見た瞬間、颯季の中に鮮やかによみがえってしまった。

たとえば、レストランを訪れた際に「宗士朗さん」と呼んだ女性への不快感、日常の他愛ないスキンシップ、それらに思い知らされる。

颯季にとって、宗士朗は今でも特別で……想いは変わっていないのだと。

でも昇吾を緩衝材としてあいだに挟むことで、颯季が宗士朗を特別な目で見ていることは感付かれていないはずだ。

「で、趣味じゃないなら、なんでおまえはそんな格好をしているんだ？」

「あ……それは、バカだって言われそうだけど……」

ワンピースをギュッと握った颯季は、ぽつりぽつりと『姉を偽装』することになったきっかけを語り出す。

宗士朗は、颯季が言葉を切るまで無言で聞いていた。

膝の上に置いた自分の手元に視線を落として語ったので、宗士朗がどんな顔をしているのかはわからない。

「……なんで、今日はこんなに早く帰ってきたんだよ。顔を洗って、着替えるところだったのに」

宗士朗にとっては理不尽な八つ当たりだと思うが、あと十分……いや、五分遅く帰宅してくれれば見られなかったのに、と恨みがましい気分になる。

宗士朗に見られた瞬間、咄嗟に言い訳もできないほど狼狽えていたことが嘘のような颯季の態度は、開き直っているようにしか見えないはずだ。

「レストランで、先輩のお子さんの友達が誕生日パーティーするっていうんで、今日は夕方から貸切になってるんだよ。部外者の俺がいても邪魔になるだけだろうから、冷菜のオードブルと仕込みだけしてお役ご免だ。晩飯にって、いくつか持ち帰らせてくれた。奥さんから、颯季と昇吾によろしく……って伝言だ」

「それは、助かる。お礼、言っておいて」

これから準備をしていたら、昇吾の夕食がいつもよりずっと遅くなってしまうのは確実だ。

一度だけレストランで逢った、温かな雰囲気の女性を思い浮かべる。自身にも似た年頃の子供がいるという彼女は、昇吾にも母親のような顔で接してくれて、久々に女性に食事の世話をしてもらった昇吾は嬉しそうだった。

自分たちのことを考えての心遣いに対して、素直に「助かる」と口にした颯季の頭を、宗士朗がポンと軽く叩いた。

「じゃ……まぁ、顔を洗って着替えてこいよ。フードコンテナの入った袋を玄関先に放置してきたから、キッチンに運んでおく」

その言葉に驚いた颯季は、ソファから立ち上がった宗士朗のシャツの袖を、咄嗟に掴んで引き留めた。

ソファに座ったままの颯季を振り向いて見下ろした宗士朗に、「なんで？」と疑問をぶつける。

「この格好のおれを見て……さっきの話を聞いて、言うことはそれだけ？　姉ちゃんの、もういない人間のふりをして、昇吾を騙してるんだぞ。バカなことは止めろって、怒らないんだ？」

咎められなかったことにホッとしてもいいはずなのに、まったく追及されず何事もなかったかのように流されてしまうと、それはそれで不安になる。

我ながら捻くれていると思うが、宗士朗の真意が掴めないのは怖い。

子供のように「どうして？」という疑問ばかりを投げかけた颯季に、宗士朗は少しだけ困った顔で口を開いた。

「おまえには、昇吾が産まれてからの五年ばかりがあって……そこに割り込んで一月そこその俺が、なにを言える？　大人の常識ってヤツを振りかざしたら……いいことだとは言い切れないがな。おまえが、昇吾のためになにかしたいって思うのも否定できないし、……やっぱりなにも言えねーなぁ」

肯定も否定もできない、という宗士朗の言葉はきっと本心だ。

大人の立場から正論を説くのではなく、子供の浅知恵だと嘲《あざけ》るでもなく……颯季と同じ目線に立って戸惑う宗士朗に、胸の奥がじんわり熱くなる。

「……もうちょっとだけ、見て見ぬふりをしてくれたら嬉しい。偽物でも『ママ』に逢えるのを、楽しみにしてるんだ。昇吾には、いつかきちんと話すから。どう片をつければいいのか……今はまだ、わかんない……けど」

頼りなく語尾をフェイドアウトさせた颯季は、掴んでいた宗士朗のシャツの袖口から手を離した。

言葉が出てこなくなってうつむいた頭を、ポンポンと叩かれる。

「ま、そのあたりの解決策は課題として、俺も考えておくか。広げた風呂敷を畳むのは、簡単じゃねーぞ」

茶化した調子だが、そんなふうに言ってくれる宗士朗は面倒見がいい。

声を出そうとすれば、震えを隠せないかすれたものになってしまいそうで、無言で小さくうなずいた。

神妙《しんみょう》な空気が漂いそうになり、息苦しさを振り払うかのように勢いよく立ち上がる。

「っと、急に立つなよ」

「ごめん。顔を洗う。化粧が気持ち悪い」

「化粧なんか、必要なさそうだけどな。おまえ、もともと男くさくないキレーな顔だし、雰囲気とかも……やっぱり、似てる」

最後の一言はポツリとつけ足すと、目を細めて視線を逸らす。

颯季を見る『目』ではない。

ポンと頭に置いた優しい手は、誰に触れたつもりだった……？

「……男らしくないって？　外国を単身で放浪するとか……宗士朗みたいなゴリラと比べたら、そりゃね」

喉の奥から込み上げてきたイガイガした塊を吐き出したくて、わざと憎まれ口を叩いた。

頭に置かれていた宗士朗の手を振り払っても、胸の奥には奇妙な塊が滞っている。イガイガ……チクチクする。痛くて、苦しい。

「って、誰がゴリラだよ。紗羅の入れ知恵か？　女子コーセーは、むさ苦しいオッサンに厳しいよなぁ。昔は、可愛かった……気がするだけか。そういや紗羅は、ガキの頃から口が達者だったっけ」

ぶつぶつ言いながらリビングを出て行く宗士朗の背中を、その場に立ったまま見送った。

記憶の中の宗士朗より、広くなった背中……無邪気に抱きついていた、五年前とは違う。颯季の、知らない背中だ。

誰が……どれくらいの人が、あの背中に手を回したのだろう。颯季の頭をポンと叩く大きな手に、触れられた人は？

「ッ」

頭を振って下世話な思考を振り払った颯季は、熱が溜まったかのように火照《ほて》る頬をゴシゴシと手の甲で擦り、小走りで洗面所に向かった。

鏡に映るのは、誰もが姉に『よく似ている』という顔。

宗士朗が自覚していたかどうかはわからないが、五秒より長く直視することはなかった……。

早く、顔を洗って着替えよう。いつもの『颯季』に戻れば、宗士朗の視線に潜む種火のようなものも、消える。

「おれを、見てたんじゃ……ない」

宗士朗が姿を消す直前、熱を孕《はら》む視線を感じたのは、やはり気のせいではなかったのだ。

颯季を見る宗士朗の『目』は、弟に対するものでしかない。

でも、颯季が『姉』であるように振る舞ったら、またあの熱を帯びた『目』で見てもらえるのだろうか？

よく似ているというこの顔は、宗士朗を惑わすことができる？

颯季ではなく、『姉』なら……。

「っ……くそ」

石鹸《せっけん》でゴシゴシと顔を洗った颯季は、濡れた手のひらを鏡に押しつける。

鏡に映る、自分の顔に……『姉』に嫉妬する自身の表情を見たくなくて、流れる水が歪《ゆが》めた鏡像《きょうぞう》にホッとした。

□□□

隣から、昇吾の規則正しい寝息が聞こえてくる。

今日は昼寝の時間が遅かったので、なかなか眠ってくれないのではないかと心配していたけれど、思ったよりすんなり寝付いてくれて助かった。

息を潜めて包まっていた布団から抜け出した颯季は、気配を殺して和室を出た。足音を立てないよう、慎重に階段を上がる。

二階には、今はほとんど使っていない颯季の自室と……かつて、宗士朗の部屋だった一室がある。

宗士朗が家を出て行ってからは、季節外れの服を保管するクローゼット兼物置状態となっていた。

いずれ昇吾の部屋となる予定だったけれど、今はまた宗士朗が使っている。ただ、布団を敷くスペースがあればいいと本人が言うので、衣装ラックや冬を待つストーブに囲まれている状態だが。

その部屋のドアの前に立った颯季は、ひんやりとしたドアノブを掴んで動きを止めた。

夕食後、リビングでテレビを見ていた宗士朗の前には、珍しくビールの缶が置かれていた。

昇吾を寝かしつけた颯季が風呂に入っているあいだに姿を消していたけれど、キッチンのダストボックスには握り潰されたビールのロング缶が三つ、更に義兄が置いていた焼酎の瓶がほとんど空になっていたことを知っている。

義兄も家では滅多《めった》に飲酒しなかったので、貰い物だという焼酎は瓶に半分以上残っていたはずだ。

そんなふうに、飲まなければならない理由がどこにあるのか……颯季には、なんとなく察せられる。

「ふー……」

深く息を吸って、吐き……深呼吸を、二回。ゆっくりとドアノブを回した颯季は、抜き足差し足で室内に入った。

遮光《しゃこう》になっていないカーテンは、街灯の光をわずかながら透過していて、常夜灯《じょうやとう》が点いていなくても完全な暗闇にはなっていない。

歩を進めた颯季は、布団の脇に膝をつき、布団から長い腕をはみ出させて眠っている宗士朗をそっと見下ろした。

薄闇の中、義兄に似ていながらも精悍さで勝る端整な顔を、ジッと見据える。

「……ン」

間近にある人の気配を感じたのか、寝返りを打った拍子《ひょうし》に眠りが浅くなったのか……宗士朗が、瞼を開いた。

無言で自分を見下ろしている人影にギョッとしたらしく、ビクッと身体を震わせる。

「な……っ」

「宗士朗くん、驚かせてごめん」

颯季の知る限り、宗士朗のことを『くん』づけで呼ぶ人物は、ただ一人だった。

それを知っていて、わざと普段より高いトーンで呼びかけた颯季の前で、宗士朗は硬直している。

やはり、過去も現在も、宗士朗を『宗士朗くん』と呼ぶ人物は唯一なのだと、その反応が語っていた。

宗士朗にとって、今でも特別な存在なのだと……思い知らされる。

「夏海さ……いや、まさか……」

まさに今、颯季が思い浮かべている『唯一』の名前を、宗士朗は空気に溶け込みそうなほどかすかな声で口にする。

自分や昇吾の前にいる時の宗士朗とは、別人のようだ。

かすれた、自信のなさそうな……頼りない声が、颯季の胸に鋭く突き刺さった。

今はいない姉が、こんなにも宗士朗から動揺を引き出す。

震えそうになる唇を強く噛み、細く息をついた。

ダメだ。自分がこれからしようとしていることを考えれば、これくらいで揺らいでいてはいけない。

　両手を握り締めた颯季は、枕に頭を置いたまま硬直している宗士朗にますます顔を寄せて、静かに言い聞かせた。

「夢だ。昇吾が見ている夢と、同じ。朝になったら、全部忘れる……夢だよ」

　宗士朗に。

　そして、自分に。

　暗示をかけるかのように口にした颯季は、唖然《あぜん》としている宗士朗と目を合わせて笑いかけた。

　薄闇と、宗士朗に残っているはずのアルコールの影響。手を伸ばせば触れられる距離にいる『姉』を装った颯季の姿。

　それらが複雑に絡み合い、言葉を失っている宗士朗の脳裏を駆け巡っていることは、容《よう》易《い》に想像がついた。

「夢だから、宗士朗の好きにしていいんだ」

「なに、言って……」

　小声でポツリと零した颯季に、宗士朗はようやく言葉を思い出したかのように返してくる。

コクンと喉を鳴らした颯季は、拳を解いて宗士朗の前髪に指先で触れた。

心臓がどうにかなりそうなくらい、ドキドキしている。

静かな夜の空気は、この荒れ狂う鼓動を宗士朗の耳にまで届けてしまうのではないかと思うほど……。

「朝には、忘れるよ」

もう一度念を押した颯季は、ゆっくりと背を屈めて宗士朗の唇に自分の唇を押しつけた。

震えていることが、伝わってしまうかもしれない……と顔を戻しかけた瞬間、強く背中を抱き寄せられる。

「っ！」

身構える余裕もなく身体が投げ出されても、布団と宗士朗に受け止められたから、肉体的な衝撃はさほどなかった。

ただ、咄嗟に目を閉じてしまったこともあって、なにが起きたのかわからない。

「宗……ン」

瞼を押し開いた先には、颯季を見下ろす宗士朗の顔が……と視認した直後、視界が闇に包まれる。

背中を包む柔らかな感触は、敷き布団。

そこに颯季の肩を押しつけているのは、宗士朗の指で……呼びかけた名前を封じたのは、宗士朗の唇。

一つ一つ現状を確認していき、惚《ほう》けていた颯季の頭がようやく理解できた時には、口づけが濃度を増していた。

「ぁ……」

舌、が。

じっくりと口の中の粘膜を、くすぐって……颯季が反射的に身を震わせると、肩に食い込む指の力が強くなる。

肩から移動して、腕を掴み、首筋や髪に触れてくる。幻ではなく間違いなくここにいるのだと、確かめているみたいだ。

よく似ていると、『姉』を装った颯季を目にした泰知も紗羅も、宗士朗も……全員が目を丸くした。

だったら……弟に対するスキンシップではなく、もっと熱を込めた目で見て、触れてもらえるのではないかという浅はかな目論《もくろ》みが、成功したらしい。

「ッ、ん……ぅ」

呼吸のタイミングが上手く掴めなくて、息が苦しい。

でも、やめてほしくない。もっともっと、触れてほしい。

宗士朗の中では、颯季に触れているのではなくても……。

耳の奥で響く心臓の音が、どんどん激しくなっていく。颯季は酔っぱらっているわけではないのに、現実感が乏しい。

「っふ……は、ぁ……ッ」

唐突に口づけから解放されて、大きく胸を上下させた。

颯季の肩のあたりに額を押しつけている宗士朗が、どんな顔をしているのか目にすることはできない。

そろりと両手を上げた颯季は、宗士朗の背中を抱き締めた。

興奮を示すかのように、パジャマの生地越しでも身体の熱さを感じる……。

「宗、士」

「もう少しだけ、このまま」

身動ぎしながら名前を呼びかけた颯季を制すると、「悪い。これじゃ重いだろ」と、体勢を入れ替える。

長い両腕で絡め取るように抱きすくめられ、宗士朗の胸元に頭を押しつけた颯季は、や

はりその顔を目にすることが叶わなかった。

彼の言う、「もう少し」とはどれくらいなのか……できるだけ長ければいいな、と心の中で願いながら、密着した宗士朗の体温を感じ続ける。

ドクドクと胸元で感じる鼓動が、自分のものなのか宗士朗から伝わってきているものなのかわからなくて、曖昧な境界に堪《たま》らない幸福感が湧き上がってきた。

でも……今の宗士朗にとっては、宝物のように腕に抱いているのは『颯季』ではないのだろう。

ずっと、触れてはならないと自制していたはずの存在だ。

宗士朗にとって、現実ではない。

颯季が言い聞かせた『夢』で……彼が想い続けた本人ではないとわかっているから、手を伸ばすことができたに違いない。

そう望んだのは自分なのだから、胸の痛みを感じるのは醜《みにく》い嫉妬だろうと奥歯を噛み締めて、目を閉じる。

この瞬間、宗士朗に込み上げているものは、どんな思いだろう。

夢だから、触れることを望んではならなかった……願ったとしても叶わなかった存在を腕に抱くことができているのだと、わずかでも喜びがあればいい。

宗士朗のためにしているのだと卑怯《ひきょう》な言い訳をしながら、颯季自身が渇望したぬくもりに身を預ける。

夜が少しでも長く続きますようにと、勝手なことを祈りながら。

□□□

チチチ……と。

朝の訪れを告げる聞き慣れた小鳥の囀《さえず》りが、今朝はやけに大きく聞こえる。

深呼吸をした颯季は、これまでと変わらない態度で接しろよ、と自身に気合いを入れるため、拳で軽く自分の胸元を叩いた。その右手を振り上げて、閉じた扉に打ちつける。

「宗士朗、起きてるー？　朝！」

声をかけながら、無遠慮に扉を開く。

もう一度、大きく「そーしろー！」と呼びかけた颯季の目の前で、バサッと掛け布団が撥ね飛ばされた。

「え……っ、あ……あ？」

勢いよく上半身を起こした宗士朗は、未だ眠りの余韻《よいん》を色濃く漂わせて、右手でグシャグシャと髪を掻き乱している。

数秒後。

「あ」

一言漏らして、戸口に立っている颯季をぎこちなく見遣った。

夜の記憶が、瞬時にどっと押し寄せてきたに違いない。表情が硬く、戸惑いが手に取るように伝わってくる。

無表情で視線を泳がせる宗士朗がなんだかおかしくて、ふっ……と唇を緩ませた。

「なに寝惚けてんだよ。朝です〜。聞き忘れてたけど、今日は夕方から？　それとも、お休み？」

日曜は、ランチ営業をしておらず、夕方からのみなのだ。それも、店長が家族サービスをする日は完全休業となることがあり、必然的に宗士朗も休日になる。

休日となれば、ほぼ一日中自分の相手をしてくれることになるので、昇吾が楽しみにしている。

「あ……今日、は……休みだ」

ぼんやりと答えた宗士朗の目は、疑問をたっぷりと含んでいる。

自問しても見つけられない答えの糸口を探そうとしてか、空中をさ迷っていた視線が躊躇いがちに颯季に向けられた。

それがわかっているから、颯季は普段となにも変わらない声と表情で答えた。

「そっか。じゃ、昇吾に宗士朗が遊びに連れて行ってくれるって、言ってもいい？」

「ああ。天気がよさそうだから……外出する、か。カフェでランチにするか、テイクアウトして外で食っても、いい」

颯季が普段通りに接してくることで、よみがえった夜の記憶に自信がなくなったのだろうか。

ポツリポツリと答えた宗士朗は、眉間に縦皺を刻んでなにやら考え込んでいる。

「昇吾が喜ぶよ。あ……」

宗士朗の言葉に颯季が答えたと同時に、階段を駆け上がる小さな足音が聞こえてきた。

戸口に立つ颯季の背後から、昇吾が顔を覗かせる。

「さっちゃん、そーちゃん起きたぁ？」

「起きてるよ。今日はそーちゃんのお仕事がお休みだから、昇吾を遊びに連れて行ってくれるんだって」

颯季の言葉に、遠慮がちだった昇吾が「やったぁ！」と顔を輝かせる。弾む足取りで宗士朗の布団に駆け寄り、パジャマ姿の宗士朗の腕を掴んだ。

「早く行こっ。そーちゃん、どこ行くー？」

「あー……昇吾はどこがいい？」

聞き返された昇吾は、

「えっと、動物園！　あっ、待って。うーん……この前遊んだ、おっきなすべり台がある公園でもいいし、それか……」

と指を折って候補を挙げながら、真剣に悩んでいる。

嬉しそうな昇吾の姿に笑みを深くした颯季は、布団から出るように腕を引っ張られている宗士朗に問いかけた。

「……朝ごはん、用意しておくから着替えてきて。昇吾のリクエストでフレンチトーストだけど、いいよね？」

「そりゃ、文句はない」

宗士朗の答えを聞いて、「すぐに焼き始めるよ」と言い残して背を向けた。

あとはもう颯季が口うるさく言わなくても、昇吾に急かされるまま手早く身支度を整えて、キッチンにやって来るだろう。

どこに遊びに行こうかと話している二人の声を聞きながら、ゆっくりと階段を下りる。

……不自然ではなかっただろうか。

寝起きの宗士朗より、どう振る舞うかシミュレーションをしていた颯季のほうが遥かに有利な状況なのだから、『いつも通り』を演じ切れたと思っている。

激しい心臓の鼓動を必死で隠して、普段と変わらない口調をかろうじて保っていたことは、感じ取られなかったはず。

そう……あってほしい。

「っ、ぁー……めちゃくちゃ、緊張した」

階段を下り切った颯季は、その場にしゃがみ込んで廊下に視線を落とす。深呼吸を繰り返して、今更ながら震える指を手の中に握り込んだ。

でも、これで宗士朗には伝わっただろう。

颯季は、あの『夢』を日常から完全に切り離していること。

宗士朗にも、これまで通りを望んでいるのだと求めていること。

さすがに無理があるとは思うが、宗士朗が昨夜の颯季を本当に『夢』だと捉えているのなら、それでもいいのだ。

「フレンチトースト、焼いておかなくちゃ」

顔を上げた颯季は、自分の頬を軽く叩いて、強張りそうになる顔の筋肉を解した。

大きく息をついて立ち上がり、今日のため息はこれで最後だと自分に言い聞かせて、キッチンへと足を向けた。

今までとなにも変わらない、平和な休日の朝を演出するために。

《七》

「颯季さー、結局どうすんだよ」

慣れ親しんだ住宅街に差しかかり、人通りが少なくなる。肩を並べて歩いていた泰知が、唐突にそう口にした。

「なにが？」

「進路！　今日も、指導室に呼ばれてたのって、その話だろ」

答えた泰知の声には、ほんの少し苛立ちが混じっている。

土曜日に登校したのは、受験が本格化するせいだ。月末からは私立大学の推薦入試が始まり、教室にクラス全員が揃わない日のほうが多くなる。

願書の提出期限が……とか、私立の受験日が重なって併願が厳しいとか、面接のために髪を黒く染めたけど鏡に映った自分に違和感がある、とか。

クラスメイトの会話に混ざれない颯季が手持ち無沙汰でいると、生徒指導室に呼び出された。

理由は泰知が言うように、まだ定まっていない颯季の進路についての話し合いだ。

「あ、開口一番に髪を切れってさ」

夏から伸ばしっぱなしの髪は、肩につく長さになっている。姉を装うには便利だが、さすがに教師に咎められてしまった。

「髪のことは、見ればわかる。そっちじゃなくて！」

泰知の声が、少し硬いものになる。

惚《とぼ》けるつもりだったわけではないが、質問をはぐらかそうとしているように見えたのかもしれない。

小さく息をついた颯季は、笑みを引っ込めた。

「ああ……とりあえず就職希望とは言ったけど、具体的には決まってないんだよな。昇吾がいるから、時間が不規則なのは避けたいとか……土日の休みは確保したいとか。おれの条件が我儘なのは、自覚している。しばらくは、バイトでもいいかって思ってる」

昇吾が小学校に入学してくれれば、もう少し目を離すことができるはずだ。確か、小学校には放課後の学童教室とかもある。

それまでは、短時間のアルバイトでいいだろうと口にした颯季に、泰知が言いづらそうに返してきた。

「進学って選択はゼロなのか？」

「ないな。って、泰知もわかるだろ」

「……宗士朗さんは、なんて言ってんの？」

　この場に紗羅がいないから、宗士朗の名前を出したに違いない。未だに紗羅は、どうにも宗士朗に厳しいのだ。

　前振りもなく、理由も告げずに行方不明になったという空白の約五年が許せないし、いつかまた同じことをするのではないかと信じられないらしい。

　過去や未来ではなく現在に必死な颯季とは違い、振り返ったり先を見ようとしたりする紗羅を、泰知は「女は現実的だな」と笑うが、そのあたりは性別というより性格によるものが大きいのではないかと思う。

　その紗羅が会話に加わっていれば、「宗士朗さんがしっかり稼げばいいでしょ。で、学費を出してもらって進学したらいいじゃない」と、あり得ない提案をして颯季を苦笑させるだろうと、想像がつく。

「さぁ……おれの進路なんか、話したこともないし。高校三年生だってことも、知らないんじゃないかなー」

「まさか」

「いや、わりとマジで」

颯季の年齢は知っていても、高校三年生……世間では受験生と呼ばれる学年だと、考えが至っていない可能性がある。

あえて、颯季が宗士朗の前では高校の話題を持ち出さないようにしているのも、一因だと思うが。

「今でも生活費とか、宗士朗がほとんど出してくれているし……おれも、甘えてばかりじゃいられない」

義兄と姉が個人的に加入していた保険や、事故の相手からの補償金など。まだ全額ではないそうだけど、通帳には、これまで颯季には縁のなかった数字が刻まれている。

でも、宗士朗は「昇吾の将来に備えて、余程困窮《こんきゅう》しない限り手をつけるな」と言い、颯季も同意見だ。結果、現在の生活費は颯季の分も含めて、ほぼ宗士朗が負担してくれている。

宗士朗に甘えるばかりでは、嫌だ。せめて、自分が生きるのに必要な分だけでも自力でなんとかしたい。

「でもさぁ、専門学校でも奨学金とかあるしバイトしながらでも通えるだろうし、一回くらいは相談してみろよ。おまえがやりたいこととか、聞いたことないけど……本当は、なにかあるんじゃねーの？」

「それが、ないんだなー」

笑って答えたけれど、これまでに考えたことがなかったわけではない。

試作したおやつの出来映えを、姉や昇吾に大袈裟《おおげさ》に褒められ、製菓学校の資料を取り寄せたことがある。

宗士朗が調理師免許を持っていたこともあり、同じような道に進めばいつか行方が掴めるかもしれないなどと、突如姿を消して音信不通になった薄情者を思い浮かべて検討したこともあった。

結局、教師からの勧めもあって最終的には経済学部への進学に針路を定めつつあったけれど、それも、夏前の話だ。今とは、自分を取り巻く状況がまったく違う。

こうできればいいな……という不確かな願望ではなく、確実性を取って現実の生活を優先させるべきだ。

「なんにしても、高三の十一月だぞ。受験とか……今からジタバタしても、手遅れだし悪足掻《わるあが》きだろ」

「決めつけんなよ。そりゃ推薦入試とかだと手遅れだけど、大学だって本格的な出願は今からだろ。専門学校なら、どうにでもなる」

品行方正な泰知自身は、指定校推薦で進路がほぼ安泰《あんたい》なせいか、颯季が話を切り上げようとするのを許してくれない。

颯季を真剣に心配してくれているのがわかるから、お節介だとか余計なお世話だと突っぱねられなくて、反論材料を探すために視線をさ迷わせた。

その目に、仲よさそうに手を繋いで歩いている父子の姿が映る。

「あ、れ？」

父子……と思ったが、颯季に気づいて手を振ったのは、昇吾だ。と、いうことは隣の長身は宗士朗に決まっている。

今から、お迎えのため保育園に寄ろうと思っていたのに？

「さっちゃん！」

颯季は、名前を呼びながら駆け寄ってきた昇吾を屈んで抱き留めて、「なんで？」と目をしばたたかせた。

「お迎え……宗士朗が？」

今日は、休みだとは聞いていない。遅番でも、昇吾を迎えに行ってくれるなら朝食の席でそう話していたはずだ。

首を捻っていると、ゆったりと歩を進めていた宗士朗が追いついてきた。

「先輩の、娘さんと奥さんがインフルエンザでダウンしたんだ。先輩には症状は出ていないらしいが、大事を取って三日間臨時休業。流行にはまだ早いからって、油断していたみたいだな」

「それは……大変」

想像するだけで、悲惨だ。同じ家で生活していたら、感染を完全に防ぐのは難しいだろうけど……。

思いがけない連休ができたことに宗士朗は苦笑しているけれど、昇吾は嬉しそうだ。

「明日も明後日も、そーちゃんお家にいるんだって！　いっぱい遊んでくれる？」

「おー……夕飯は、昇吾の好きなハンバーグを作ってやるぞ」

「やった！」

喜色満面ではしゃぐ昇吾を抱き上げた宗士朗は、颯季と泰知に目を向ける。

傍からは、どう見ても自然な『父子』の姿で、よく知っている二人が颯季の知らない二人のような……不思議な気分になった。

「どっかで昼飯を食っていくか？　泰知もどうだ」

「あ、俺は遠慮します。予告なく外食したら、母親が拗ねて面倒なんで。大食漢《たいしょくかん》のためを思って大量に用意したのに、無駄にする気？　って」

母親の口真似をして誘いを辞退した泰知に、宗士朗は「デキた息子だなー」と笑い、颯季を見下ろした。

「夕飯は昇吾のリクエストに応えるから、昼は颯季の好きなものでいいぞ」

「おれは……なんでもいい。パン屋で買って帰るのでも、充分」

「もっと、食わせがいのあるものを言えよ。慎ましいなー」

そう言いながらぐしゃぐしゃと髪を撫で回されて、恥ずかしさに首を竦めながら宗士朗の手から逃れる。

自分たちのやり取りを見ていた泰知は、ククッと笑って身体の向きを変えた。

「じゃ、俺はここで。颯季、宗士朗さんに変な遠慮をせずに相談しろよ。もうすっかり、家族じゃんか」

「泰知っ。余計なことを言うなよ！」

慌てて泰知を睨んだけれど、宗士朗の耳にはとっくに届いてしまっている。

恨みがましく、去っていく泰知の背中を見送った。

策士め。颯季からは言い出せないことがわかっているから、わざと宗士朗の前で持ち出して聞かせたに違いない。

「相談？　なにかあるのか？」

笑みを消して見詰めてくる宗士朗は、「なんでもない」と誤魔化すことのできない空気を漂わせている。

「……とりあえず、昼ご飯を買って、家に帰ろう」

「ああ。あとで、ゆっくりな」

はぐらかされてやらないぞ、と。

宗士朗の少し硬い声はそう主張しているみたいで、颯季は心の中で「泰知め。憶えてろよ」とつぶやき、お節介な幼馴染みの顔を思い浮かべて嘆息した。

土曜日の『約束』は、季節がすっかり冬に移り変わった今も続いている。

昇吾のために『ママ』になり、深夜には『姉』として宗士朗の私室を訪れる。

最初の日以来、酔っぱらうことなく素面で待っている宗士朗は、なにも言わずに颯季を部屋に招き入れて腕の中に抱き寄せるのだ。

夜のあいだ、会話はなく……慈しむかのように宗士朗の腕に抱かれ、息が詰まりそうな幸福感と罪悪感、姉に向けられた宗士朗の深い想いへの嫉妬と……複雑に交錯した感情が胸の中に渦巻き、ほとんど眠れない夜を過ごす。

そして、朝の訪れと共に『夢の時間』を終わらせて日常へと戻る。

颯季の土曜日は、いくつもの秘密でできている。

「昇吾はようやくオヤスミか。今日はえらく頑張っていたな」

「うん……あ、片づけ手伝う」

遊び疲れた昇吾が、ようやく眠りについてくれた。和室で寝かしつけて、宗士朗が待つリビングに戻った颯季は、目前の光景にため息をつく。

宗士朗は、お絵かきに使ったチラシやクレヨンの片づけをしてくれているけれど、床には未だにブロックやミニカーが散乱している。

まるで嵐の後だ。事実、昇吾というミニ竜巻《たつまき》が通過したと思えば……間違いではないか。

「あ、宗士朗。そこ踏まないで。ミニカーのスペアタイヤが落ちてる」

「どこだ？　イテッ！　……俺の足の下か。壊れてないだろうな」

リビングの床に這いつくばって片づけをしていると、インターホンが鳴った。手を止めた颯季は、宗士朗と顔を見合わせる。

「なんだろ。郵便かな。宗士朗、出てよ」

「……そうだな」

着替えを後回しにしてしまったので、今の颯季は姉の服を着ている。訪問者が誰かわからないが、もし近所の人なら、この状態で対応するわけにいかない。

うなずいた宗士朗が立ち上がって玄関に向かい、リビングに一人残った颯季は自分の格好を見下ろす。

今の颯季は、薄着だった夏場とは違い、生地の厚い膝下丈ワンピースにパーカを着ている。

昇吾と宗士朗と三人でいる時は制服と同じ感覚で過ごしているが、無関係な人の前には出られない。

「誰だろ」

玄関先で宗士朗が対応しているが、聞こえてくるのは男の声だ。郵便や宅配を受け取るだけにしては、時間がかかっている。

家の中までは踏み込んでこないだろうけど、知り合いに見られたら誤魔化すのが面倒……と考えたところで、廊下を歩く複数の足音が聞こえてきてギョッとした。

「ちょ……っ、先輩。今は」

「なんだよ、隠したいものがあるのか？　まさか、女を連れ込んでいたり……って、冗談じゃなくて?」

リビングの入り口で侵入者の足音が止まり、男の声が途切れる。シン……と、気まずい沈黙が漂った。

先輩、ってことは……もしかして、宗士朗が勤めるレストランの店長か?

一度とはいえ顔を合わせたことがあるので、正面から見られれば、この格好でも『颯季』だとわかるはずだ。

冷や汗を滲ませている颯季が、立ち上がることも振り返ることもできずにいると、宗士朗が沈黙を破った。

「どかどか侵入しないでくださいよ。不審者の登場シーンみたいですよ」

「っても、おまえ……チビどもがいる自宅に女を連れ込むほど、馬鹿じゃないだろ。じゃあ、ソレは誰だって疑問が……」

「疑問のままには、してくれないですか」

「無理だな。背格好に見覚えがある。ただし、俺が知っている人物はこの世にいない」

その言葉に目を瞠った颯季は、思わず振り向いてしまった。

宗士朗の隣に立っている予想通りの男が、「弟のほうだろ」と続ける。

どうやら、姉を知っているようだ。そういえば、この家になにかあれば連絡するように宗士郎が頼んでいたと聞いたことがある。

ここにいるのが、弟……颯季だと、容易く見破られてしまった。

異様な光景のはずなのに大して驚いた様子はなく、冷静な声と表情が意外で、颯季は戸惑いの目を宗士朗に向けた。

「颯季、コレを冷蔵庫に入れておいてくれ。プリン、大量に作ったからってお裾分けに来てくれたんだ」

「……ん。どうも」

宗士朗が右手に持っていた紙袋を差し出された颯季は、素早く立ち上がって紙袋を受け取ると会釈を残して男の脇をすり抜ける。

この場から、逃げる口実をくれた。颯季を外して話をする気らしいと安堵して、キッチンに駆け込む。

紙袋ごと冷蔵庫に収めると、膝から力が抜けてその場にしゃがみ込んだ。

第三者の登場によって、安穏《あんのん》とした夢から、唐突に現実へと引き戻されたみたいだった。

自分たちが異様な空間にいたのだと、今更ながら自覚する。

「宗士朗……どう話してるんだろ」

親しそうな先輩とはいえ、一応、雇い主だ。妙なことをしていたという理由で、クビになったりしないだろうか。

なにより、颯季が勝手に始めたことが原因で、宗士朗が悪者扱いされて責められたりしていたらどうしよう……と不安になり、のろのろと立ち上がる。

颯季の口からも、宗士朗に責任はないのだときちんと説明しなければ。

リビングに戻るため廊下に出ようとしたところで、二人の声が聞こえてきた。玄関に向かいながら話しているらしく、ここまで筒抜けだ。

「いい年して、甘えんなよ。……俺だったからよかったけど、そうでなければ下手したら犯罪者だぞ」

「……わかってます。俺も、いつまでも続けられるとは思ってなかったし……片をつける機会だと」

「あー……情けない顔をするな！」

バシッと、肩か背中を叩いたような音がして会話が終わった。

玄関扉が開閉する音が聞こえて、完全に二人の声が聞こえなくなり……そろりと顔を覗かせる。

廊下も玄関も、無人だ。一緒に外に出たらしい。

この隙に着替えて、顔を洗って……『颯季』に戻っておこう。

急いで洗面所に向かった颯季は、手早く顔を洗って洗濯籠に入れてあった自分の服を手に取り、猛スピードで着替える。

二人のあいだでどんな話し合いがあったのかは、わからない。ただ、宗士朗が一方的に責められていた雰囲気ではなくて、少し安心した。

聞くつもりではなく、漏れ聞こえてきた会話が、颯季の頭の中をグルグル駆け巡っている。

……いつまでも続けられるとは、思っていなかった。

片をつける、機会。

宗士朗が口にした言葉の意味は、どう捉えればいいのだろう。

いつ、どうやって「もうやめよう」と颯季に言い出せばいいのか、きっかけを探していたということか？

あの、先輩に知られたことで……颯季が「どうして？」と難色を示すことなく、引くと思ったのかもしれない。

「宗士朗は、本当は止めたかった？　もしかして、昇吾とか宗士朗を慰めるって言い訳をして、おれが自分の願望を叶えていたんだって見透かされてた……かな。宗士朗に、弟じゃない……特別な目で見てもらいたくて、ズルしてた……って」

淋しがる昇吾のために、『ママ』を装う。

宗士朗が想いを寄せていた『姉』になり、存命でも叶わなかったであろう接触を唆《そそのか》す。

それらは結局、颯季が『夢でもいいから、宗士朗の特別になりたい』という自身の願いを叶えただけだ。

「……卑怯者」

自分が、今にも泣きそうな情けない顔をしていることはわかっていたから、鏡を見ることはできなかった。

□□□

その日の夜。

昇吾が寝入ったことを確かめて和室を出た颯季は、リビングの戸口に立っている長身に気づいてギクリと足を止めた。

「昇吾、寝たのか」

「うん」

「じゃあ、やっとゆっくり話せるな」

視線でリビングに入るよう促されて、のろのろと歩を進める。

昇吾の耳に入ることがないよう話すには、夜の就寝後がベストだろうというのが颯季と宗士朗の共通認識だった。

ただ、夕方からずっと落ち着かない気分で居続けなければならなくて、精神的にすっかり疲弊《ひへい》してしまった。

リビングのソファに一人分のスペースを空けて並んで腰かけると、沈黙が落ちる。

颯季も宗士朗も、なにから言い出せばいいのか迷い、互いに口火を切るのを待っている。空気がピンと張りつめていて、息苦しいくらいだ。

年長者として……という意識が働いたのか、宗士朗が先に口を開いた。

「いろいろ、話さなきゃならんのだが……まずは、俺の疑問からいいか？」

「うん」

「昼に、泰知が言っていただろう。なにか、相談しなければならないことがあるんじゃないのか？　隠し事はしないでくれよ」

「あ……」

　その後に起きたことのインパクトが強すぎて、颯季はすっかり忘れていた。でも、宗士朗の頭には、晴らすべき疑問として残っていたらしい。

「颯季」

　促す響きで名前を呼ばれ、ふっと息をつく。

　あの人……宗士朗の先輩だというレストランの店長に女装姿を見られたという失態を考えれば、意固地《いこじ》になって隠すほどのことではない……か。

「おれの、進路について……だよ。卒業後、どうするのかってこと。あ、心配しなくても宗士朗の脛を齧る気はないから。短時間のバイトになるかもしれないけど、自分の食い扶持は自分でなんとかする」

「……卒業って、高三だったか？」

　颯季の言葉に、宗士朗が身体ごとこちらを向いたのがわかる。けれど、颯季は自分の膝に視線を落としたまま、宗士朗と目を合わせなかった。

　数秒の間があり、宗士朗が忌々《いまいま》しげな口調で零す。

「ぁー……くそっ、俺が迂闊《うかつ》だった。おまえの進路にまで考えが回らなかった……っていうのは言い訳で、結局俺は、おまえがしっかりしているってことに甘えてたんだな。先輩にも、子供に甘えんなって怒られた」

「先輩っていう、あの人……なんて？　おれが、バカに見えただろうな。似合わない女装をして、なにやってんだ……って」

身体の脇でギュッと拳を握り締め、気になって堪らなかったことを尋ねた。

颯季は俯いたまま彼の脇をすり抜けてリビングを出たので、どんな目で自分を見ていたのかハッキリ確かめられなかった。

奇異なものを見る目か、不格好な女装だと嘲笑《ちょうしょう》されていたか……。

「まぁ、主に俺に対する説教だな。そんなふうに誤魔化すのが、昇吾のためになるのか……とか。結局、おまえにいろいろと背負わせて……甘えてるだけだろうって。全部、反論不可能な正論だ。颯季が可哀想だろうと、怒られた。バカに見えただろうとか、そんなものは心配無用だ」

その言葉は、意外だった。あの男は、颯季が浅知恵で姉を装っていたことを知っても、宗士朗に憤ったらしい。

ホッとすればいいのか、自嘲する宗士朗に「もともと、おれが悪い」と主張すればいいのか、思いがぐちゃぐちゃに入り混じって言葉が出ない。

「確かに、いつまでも……颯季に夏海さんのふりをさせて、昇吾を誤魔化すのがいいことだとは思っていなかった。昇吾もいずれ気づくだろうし、颯季もこの先ずっと夏海さんの服を着られるわけじゃない。颯季の『ママ』は、似ていることも昇吾を惑わすポイントだもんな」

言葉の終わりと同時に宗士朗の手に手首を握られて、ビクッと肩を震わせる。もう片方の手で肘あたりを掴まれ、身を硬くして息を詰めた。

「夏からの二ヵ月そこそこで、ちょっと背が伸びたよな。たぶん、これからもっと大人の男になる」

「……姉ちゃんに、似なくなる。昇吾も『ママ』じゃないって確信するだろうし、その前に『夢』だって誤魔化しがきかなくなるかも……」

うつむいた颯季は、ポツリと口にした。

もともと、昇吾の淋しさを紛らわせるための浅知恵だ。

昇吾には『ママでさっちゃん』と苦しい言い聞かせ方をしているけれど、確かにそんなふうに騙し続けるにも限界がある。颯季が昇吾の記憶の中にいる姉とかけ離れすぎて違和感を持つのが先か、成長した昇吾に『夢』が通用しなくなるのが先か……わからないけれど。

なにより現実逃避が、淋しさを紛らわせるための根本的な解決策になるわけでもない。

「いや、似なくなるっていうか……中性的な線細さがなくなれば、どうしても違和感は湧いてくるだろうな」

宗士朗は、心の裡を一切覗かせない淡々とした口調で語っているけれど、颯季は泣きたいような頼りない気分になった。

背が伸びた。

大人の男になる。

それらは本来、颯季にとって喜ばしい言葉のはずだ。よく行動を共にしている泰知と並ぶたびに、どんどん男っぽさが増す幼馴染みと比べて、自分の幼さ……姉に似た容姿と線の細さを、恨めしく思っていた。

なのに今は、宗士朗の台詞が胸に突き刺さるみたいで苦しい。

「おまえに甘えていたって言葉は、先輩に話せなかったことも含めて心当たりがあり過ぎて……否定できない」

「それは……おれが、いいって……おれから、言い出したことで」

「だから、その颯季に甘えてた俺が大人として失格ってことだ。いろいろリセットして、誰にも言い訳しなくていい家族になろう。昇吾には泣かれるだろうが、きちんと説明しないとな。大丈夫だ。両親がいなくても、あいつは強く育つよ。おまえが傍にいるからな」

今度こそ、本当に昇吾のために姉のふりをやめなければならない。そう語る宗士朗の声には、迷いは一切感じられなかった。

宗士朗はもう、決意している。

自分たちの不自然な関係を、すべて終わらせよう……と。

「おれだけじゃなくて、そ……しろ、は？　昇吾の傍に、いてくれる？」

「もちろん、っと……おまえたちが許してくれるなら、だが……そろそろお客さんじゃなく、家族に加えてくれよ。兄貴の代わりにはなれないが、血縁者として、昇吾が大人になるのを見守る義務……責任、いや……権利がある」

言葉の選択を迷った宗士朗は、最後に『権利』と口にして、颯季が独りで背負おうとしていた昇吾の半分を引き受けようとする。

血縁者として。家族に。

念を押すようにそんなふうに言われてしまうと、颯季は「宗士朗を、ただの家族だと思えない」などと言い返すことは、できなかった。

自分がもっと成長して姉と似なくなれば、宗士朗の心を乱すことがなくなる？

それを宗士朗が望んでいるのなら、颯季が「自分を見て」などと言えるわけがない。

家族なら、一つのコミュニティで共に在ることができるのか。

宗士朗への想いを上手く隠し続けていれば、昇吾を含めた『三人家族』として、不自然だと感じられることなく傍にいられる。

好きだ、と。態度にも、言葉にも出さなければ……。

そんな計算を瞬時に働かせた颯季に、宗士朗がサラリと続けた。

「あ、でもおまえは昇吾や俺に気を遣わずに、彼女を作ればいいからな。結婚したいと思える相手ができれば、遠慮するな。俺は、結婚は必要ないっつーか無理だなぁと思っているから、置いて行っていいぞ」

ははは……と笑う宗士朗は、自分の言葉が刃となって、グサグサと何度も颯季の胸を突き刺していることなど、気がつかないに違いない。

「二つも瘤《こぶ》のついてる男なんか、女の子に相手にされないと思うけど。しかも、一つは巨大なヤツ」

ポツポツと言い返して、唇を歪ませる。

うまく笑えない。でも……宗士朗が笑うから、颯季も冗談めかして言い返さなければならない。

傷ついている素振りなど、見せるものか。

「あ？　巨大な瘤って、もしかして俺か？」

「さぁ……宗士朗がそう思うなら、そうなんじゃないのか？」

泣きたい気分を押し殺して、なんとか笑みを繕って言い返した自分を、心の中で密かに褒めた。

頬は引き攣っていたかもしれないが、笑えたことに違いはない。

うつむいた颯季の頭に、宗士朗がポンと手をのせた。

「大学でも、専門学校でも……好きなようにしろ。俺にも少しくらい蓄えはあるし、全額を出してやるのはさすがに無理でも、おまえの進学をサポートできる程度の甲斐性は持ち合わせているぞ。兄貴も夏海さんも、おまえがしたいようにすることを望んでいるはずだ。昇吾のことは、心配しなくてもどうとでもなる。先輩の奥さんに相談したら、今より融通の利く保育園なんかもいろいろ教えてくれるだろうし……一人で抱え込む必要はない」

静かに、諭す口調でそう語る宗士朗は、颯季の心を少しでも軽くしようと気遣ってくれているに違いない。

今の颯季が、意地を張っていた自分がいかに子供なのか……嫌というほど思い知らされて沈み込んでいるとは、想像もしていないのだろう。

「進路は……まだ、決められない。明日、昇吾に話して……姉ちゃんのふりをするのは、止める。宗士朗も、もう『ママ』に逢えないって一緒に説得してよ」

「ああ。泣きながら殴られることを覚悟しておく。進路に関しては、急がなくていいから本当に自分のしたいようにしろ」

ぐしゃぐしゃと颯季の髪を掻き乱して、宗士朗の手が離れていった。

颯季に甘えていたのだと自省する宗士朗には、きっともう『夢』は不要なのだ。

夢を見ていた間はもちろん、夢から醒めた今も一度も夜のあいだ何を思っていたのか話すことなく……最初からなにもかもなかったことにされる。

それで、いいのかもしれない。

宗士朗にとっては、『密かに想い続けていた義姉に扮した、よく似た弟』に甘える時間など、汚点でしかないだろう。

昇吾にも、宗士朗にも……『偽物』の姉は、もう必要ない。

いや、違う。元から、颯季の独りよがりでしかなかった可能性もある。

昇吾との付き合い方に悩んで『母親』である姉の影に縋り、宗士朗の想いを利用して自分の欲を満たそうとした。

姉の代わりになどなれなかった証拠として、宗士朗は結局、颯季とキスをして腕に抱いて眠っても、それ以上の関係は求めなかった。

夢だと言い聞かせて姉を装ったところで、颯季が『本物』ではないから拒んでいたに違いない。

……当然か。

どんなに顔が似ていても颯季は男で、姉に似せるには限界がある。これからは、ますます乖離《かいり》していくと……成長を指摘されて、突きつけられた。

心の中に、黒くて大きな穴がぽっかりと開いたような喪失感に襲われて、颯季は言葉もなく俯き続けた。

昇吾、宗士朗……颯季にとっても『夢』の時間は、終わりだ。

《八》

朝食を前にして、子供用の背の高いイスに座っている昇吾の足が、リズムよく交互に揺れている。

「ジングルベール、ジングルベール……」

十二月は、街全体がなんとなく浮かれた空気に包まれる。スーパーやコンビニエンスストア、テレビからもひっきりなしにクリスマスを題材とした番組が流れ、まだ上旬だというのに既に食傷《しょくしょう》気味《ぎみ》だ。

保育園でクリスマス会が予定されているという昇吾も、朝食のパンを手にしながら練習中だというクリスマスソングを口ずさんでいて、宗士朗が苦笑を滲ませた。

「日本のクリスマスは久し振りだけど、やっぱり独特だよなぁ。キリスト教圏で何度かクリスマスを経験したが、敬虔《けいけん》なクリスチャンがツッコミを入れたくなるのもわかる」

「外国の人はよく言うよね。だいたい、クリスマスだからって」

「なんでケンタッキーを食うんだ」

真顔の宗士朗と一言一句《いちごんいっく》違《たが》わずぴったり同じ言葉を口にして、ククク ッと肩を震わせた。コホッと小さく咳《せき》をした宗士朗が、不思議そうな顔の昇吾に笑いかける。

「物置……俺が使ってる部屋の隅っこに、クリスマスツリーの箱が見えたな。家でも飾るか？」

「うん！　ツリー、やった！」

昇吾のために、義兄と姉が用意したクリスマスツリーのことは、宗士朗に言われるまで存在を忘れていた。

去年の今頃、四人でわいわい話しながら飾りつけしたことを思い出して、淋しさがじわりと湧き起こる。

沈んだ顔を昇吾に見せたくなくて、なんとか笑いながら宗士朗に話しかけた。

「クリスマスツリーも、日本のものって独特らしいね。アニメキャラの飾りがあったり……本場の人から見れば、ワケわかんないだろうなぁ」

「まぁ、日本人は昔から異文化のものを柔軟に取り入れては、自分たちに合うよう形を変えて発展させてきたからな。宗教や文化に対する寛容《かんよう》さは、美徳だと思うぞ」

単身で外国を放浪していたという宗士朗が、静かに語る『日本人観』は、颯季にはわかるようでわからない。

時間ができれば、颯季の知らない宗士朗の五年間についてゆっくり聞きたいな……と、精悍な横顔をチラリと見遣った。

「……昇吾。トマトスープは平気なんだな」

顆粒《かりゅう》のインスタントトスープを湯で溶いただけのものだが、マグカップのトマトスープを黙って飲んでいる昇吾に、宗士朗が目をしばたたかせる。

昇吾は、「トマト違う」と言い返して、ますます宗士朗が不思議そうな顔になった。

どこかズレた二人のやり取りがおかしくて、颯季はクスリと笑いながら解説をする。

「トマトの形と食感がないから、生のトマトとは別物らしいよ。ケチャップも、同じ理由で昇吾にとっては『トマトじゃない』らしいし。って……宗士朗、具合悪くない？　何日か前から、咳してるだろ」

横を向いてコホッと咳をする宗士朗に、二、三日前から気になっていたことを指摘した。

このところ仕事が忙しくて、長時間勤務になっている宗士朗と接する時間は長くない。

きちんと顔を合わせるのは、朝食時と、帰宅してからの数十分くらいだ。

それでも、咳をしていると印象に残るのだから、体調がよくないのではないかと表情を曇らせる。

「大丈夫だ。空気が乾燥しているせいだろ。風邪《かぜ》をひいたら調理場に入れないし、おまえらに感染《うつ》してもマズイし、気をつけるよ」

颯季に答えた宗士朗は、マグカップのカフェオレを喉に流し……やはり、ケホケホと咳き込む。

本人が大丈夫だと言うのを、執拗《しつよう》に「本当に大丈夫か？」と問い詰めるのも憚《はばか》られて、席を立ってシンクに向かう宗士朗の背中を無言で見詰めた。

自分たちのあいだに微妙な距離ができていることは、颯季だけでなく宗士朗も感じているはずだ。

皮肉なことに、『夢』を終わらせて平穏なただの『家族』になろうと決めてから……颯季が宗士朗を意識し過ぎて、ろくに目を合わせることもできない。

宗士朗への想いを押し隠し、普通の『家族』であろうと思えば思うほど、ギクシャクしてしまう。

「今日は、帰り……遅い？　晩ご飯、用意しておこうか」

「ああ……ラストまでかな。賄《まかな》いで済ませるから、俺のことは気にせず飯を食ってくれていい。クリスマスあたりの予約も既にほぼ埋まってるし、今月は稼ぎ時だな」

話しながら自分が使った食器を洗い、冷蔵庫を開けて小さなヨーグルトのカップを取り出した。

「昇吾、これも食っておけ。ヨーグルトは優秀な発酵《はっこう》食品だ」

「……ちょっとでいい」

「一口でも二口でも、食べられるだけでいいぞ。残りは俺が引き受ける」

うなずいた昇吾は、宗士朗からスプーンを受け取ると、目の前に置かれたヨーグルトを素直に食べ始める。

「……鶴《つる》じゃなくて、宗士朗の一言だな」

颯季だと、こうはいかない。酸味のせいで昇吾はヨーグルトが苦手だ。きっと「イラナイ」と顔を背け、意固地になるだろう。

むむ……と眉根を寄せた颯季に、視界の隅に映る宗士朗が苦笑を浮かべている。

『さっちゃんのママは終わりだから、もう来られない』

そう、颯季から昇吾に伝えるようママにお願いされて……と前置きをした上で告げた日、「なんで？　どうして？」と涙を浮かべて縋りつかれた。

苦しくて、「ごめん」としか言えない颯季に代わり、宗士朗がじっくりと言い含めたのだ。

空の高いところにいるママにもパパにも、もう逢えない。でも、昇吾のことはお日様やお月様と一緒に見守っている。

直接話すことはできなくても、昇吾の心の中にはずっといるし、大切な存在であることに変わりはない。

そう説明する宗士朗に、颯季は幼い昇吾に理解することは難しいのではないかと懸念したのだが……自分の中でどう折り合いをつけたのか、しばらく無言で考え込んでいた昇吾は「わかった」と唇を引き結んで泣き止んだのだ。

それ以来、どうやら昇吾の中で宗士朗は少し特別になったようだ。颯季よりも、宗士朗の言葉のほうを素直に聞き入れる。

生まれる前から昇吾の傍にいた颯季にしてみれば、なんとも複雑な気分だが……父親代理としては申し分のない存在だと、プラスに考えよう。

「俺が洗濯機を回しておくから、学校に行くついでに昇吾を保育園に送ってくれ」

「うん。よろしく」

家事はすべて自分がしなければ、とキャパシティのギリギリまで抱え込もうとしていた颯季だが、最近は宗士朗と分担することを覚えた。

ちゃんと話し合ったあの日、俺をいつまでもお客さん扱いするなと、そんなふうに宗士朗から言われた。

そこで初めて、自分の態度が宗士朗を他人行儀に扱っているのと同じだと……疎外感を植えつけていたことを知ったのだ。

颯季が素直に甘えると宗士朗が嬉しそうで、なんとも気恥ずかしい。

「今日は寒いぞ。手袋を忘れるなよ」

「はーい」

宗士朗の言葉に大きく手を上げて答えた昇吾は、やはり颯季が同じように言った時より素直で行儀がいい。

そんなふうに考えるのは、仲のいい二人へのヤキモチか？　……どっちに対して？

「……晩ご飯は、シチューにするか」

「さっちゃんのシチュー好き。クリームシチュー！」

昇吾から笑顔を引き出すことに成功した颯季は、それなりに面子《めんつ》を保てているらしいことに少しホッとして「了解」と答えた。

颯季が張り合おうとしたことは見透かされていたのか、宗士朗がクスリと笑った気がしたけれど……気がつかなかったふりをして、イスから立ち上がった。

十二月となれば、各大学で推薦入試が始まることもあって登校してくる生徒が減り、教室がガランとしている。

授業はほとんど自習となり、午前で帰宅が許されるので弁当は不要だ。

「深山、いるか？　あ、よかった。まだいた」

「はい？」

帰り支度をしていた颯季は、担任教師に名前を呼ばれて顔を上げた。颯季の机に大股で歩み寄った教師は、右手に持った封筒を差し出してくる。

「この前、チラリと言っていただろう。専門学校の資料と、奨学金についての詳細を纏めてある」

「あ……わざわざ、ありがとうございます。余計な手間、かけさせて……」

誰もが知る国立大学や、難関と言われている大学を受験するクラスメイトもいる。この時期は彼らのことで神経をすり減らしているだろうに、専門学校の資料を纏めさせるなど申し訳ない。

そう恐縮してペコリと頭を下げた颯季に、担任教師は「わざわざってほどじゃない」と息をついた。

「先生たちは、そのためにいるんだから。生徒が、希望する道へ進むことを応援するのは当然だ。手間を惜しむことはないし、深山にいらないと言われようが、無駄だったとも思わない。高校生の自分を無力だって思うこともあるだろうが、大人に甘えることが許される若さは武器だぞ。……無数にある選択肢の幅を、自分で狭めるなよ」

コツンと颯季の頭を拳で軽く叩き、踵《きびす》を返した。

その背中を見送り、意外だ……と目をしばたたかせる。

四十代半ばの担任教師は、スマートフォンを弄っている生徒がいても声を荒げることもなく、軽く注意して淡々と授業を進める事なかれ主義者だと思っていた。

颯季は良くも悪くも目立たない生徒で、担任教師と話し込んだのは義兄と姉の事故の時が初めてだったくらい、彼とのあいだに距離があった。

あの時も、困ったことがあれば遠慮なく連絡しろとか、いろいろ言ってくれたと思うが……颯季が「大丈夫です」と言い張ったせいか、すぐに宗士朗が保護者として名乗りを上げたせいか、距離を保ったままだった。

こんなふうに、一人の生徒のため尽力するほど熱い教師魂を持ち合わせているようには、見えなかったのだが……勝手な印象を抱いていたことを、反省する。

「颯季、資料ってなによ。専門学校、行く気になったわけ？」

教室に残っていた紗羅が机の脇に立ち、颯季の手元にある大きな封筒を指差す。

颯季は、自身の迷いをそのまま滲ませた曖昧な言葉を返した。

「あ……具体的には、まだなにも……。ちょっと、興味が出ただけ」

進学を決めたわけではないので、紗羅にも泰知にも、宗士朗にも……まだ誰にも言っていないのだ。

「そっか。でも、うん……興味を持っただけでも、いいことよね」

無理やり、なんの専門学校だと颯季から聞き出そうとするでもない。

ただ、自分に言い聞かせるように「うん、いいこと」とうなずく紗羅に、自然と笑みが零れる。

本当は聞きたいけど、我慢……と、紗羅の引き結ばれた口元に表れている。

「おーい、帰るぞ……っと。紗羅、短大の試験じゃなかったっけ」

「それは明後日！　考えないようにしてるんだから、現実を突きつけないで。胃が痛いわぁ」

「……繊細ぶってんなよ。キャラが違うだろ」

「デリカシーがないわねっ」

いつもの調子で言い合う二人を傍観していた颯季は、思わず、

「紗羅は大丈夫だろ」

ずだ。

と零して、キッと睨みつけられる。シマッタ、と口を手で覆ったけれど、覆水盆《ふくすいぼん》に返らずだ。

颯季の『大丈夫』は、紗羅がストレスを溜める繊細さを持っていないという意味ではない。心身ともに準備万端なのだから、緊張する必要などないと言うつもりだったのだが……今更言い直したところで、白々しい言い訳としか捉えられないだろう。

「もう、颯季まで。あたしの神経が極太のザイルでできていると思ってない？」

「はは……鋼鉄の間違いだろ」

余計な一言をつぶやいて、眦を吊り上げた紗羅に足を蹴られている泰知は、自業自得なので笑って見守ろう。

「颯季、家で昼飯食ってくだろ。うちの母親、なんか張り切ってたけど」

「あ、うん。お言葉に甘えて」

一人分の昼食を準備するのは面倒だから、冷蔵庫の残りものでいいと思っていたのだが、泰知が「うちで食ってけば」と誘ってくれたのだ。

少し迷った颯季がうなずくと、泰知はその場で母親にＬＩＮＥを送り、返ってきた『歓迎』というスタンプ画面を苦笑して颯季に見せた。

甘えることを喜ばれると、恐縮してしまう。

「いいなー。受験が終わったら、あたしもお邪魔しようっと。泰知のママのご飯、美味しいよね」

「本人の前で言って、あんまり持ち上げんなよ。相撲《すもう》部屋かよってくらいの、量の飯を食わせられるぞ」

「……太るわ」

真剣な顔で平和な会話を交わしている二人を横目に、担任から渡された封筒をバッグに仕舞う。

夏は、高校卒業後にどうするかなど考えもしなかった。

昇吾と二人、どうやって生きていこうかと……大人たちに虚勢を張って「大丈夫」と言い続けていても、漠然とした未来に不安しかなかった。

こんなふうに、専門学校の資料を手に取ろうと前向きな気分になったのは、宗士朗がいてくれるおかげだ。

自由に気の向くまま世界を放浪していた宗士朗が、日本に……自分たちの傍に戻って来てくれた。

家族として一緒にいよう……と、手を差し伸べてくれた。

それで十分だろう。これ以上多くを望めば、きっと罰が当たる。

どうせ颯季の想いは宗士朗に届けられないし、叶うわけがないとわかりきっていたのだ。

□□□

昇吾と約束したシチューがメインの夕食を終えて、食器の片づけを済ませる。颯季がリビングに入ると、昇吾は熱心にテレビを見ていた。

「なに一生懸命に見てるんだ？」

「ケーキ！　おっきくて、キラキラでキレー……」

昇吾が指差したテレビ画面には、凝った飾りつけが施されたクリスマスケーキが並んでいる。

有名パティシエが趣向を凝らした、数量限定の高級クリスマスケーキが今年も登場……とナレーターが語り、番組の出演者たちが大袈裟な歓声を上げた。

「うーん……まさに高嶺《たかね》の花」

とてもじゃないが、庶民には手の出ない値段だ。しかも、大人数のパーティーでもない限りあのサイズは食べきれないだろう。

「ハナじゃないよ。ケーキだよ」

振り向いた昇吾に真剣な顔で訂正されて、正論だとうなずいた。

「ははは、そうだな。保育園のクリスマス会で、ケーキ食べるんだよな？」

「でもね、小っちゃいの」

昇吾は、両手でマグカップサイズの輪を作り、これくらい……と唇を尖らせる。

颯季は、そういえば……と保育園からの『クリスマス会のお知らせ』のプリントを思い浮かべた。

クリスマス会では大きなホールケーキを切り分けるのではなく、一人ずつカップケーキが配られるのだと目にした記憶がある。アレルギーを持つ子供に配慮して、パッと見ではアレルギー源を除去したものと通常のケーキとの違いをわからなくするためらしい。

「大きいケーキがいい？」

「うん」

「そっか……予約、まだ間に合うかなぁ。いっそ、作ってみるか？」

姉は、クリスマスや家族の誕生日にケーキを手作りしていた。颯季も手伝っていたので、大体の手順はわかる。

そのことを思い出してつぶやくと、昇吾が身を乗り出してきた。

「さっちゃん、ケーキ作れる？」

「……チャレンジしてみてもいい？　失敗したらごめんな」

「いーよ！　ちゃれんじ！」

笑って許可をくれた昇吾は、『誕生日にママが作ってくれた』ことを口にしなかったので、憶えているかどうかわからない。

話題に出されなくて、ホッとしてしまったのは……我ながら逃げ腰だと思う。

「じゃあ、一緒に作ろう」

「うん！　やくそく！」

昇吾が差し出してきた小指に、自分の小指を絡ませたところで、スマートフォンが着信音を鳴り響かせた。

これは……宗士朗からの呼び出し音だ。

「宗士朗？　なんだろ」

レストランは、クローズした頃だ。帰りにコンビニに寄るから、なにか買って帰るものはあるか？　というお伺いだろうか。

それくらいなら、電話ではなくＬＩＮＥを使うはず……と不思議に思いながら通話モードにして、耳に押し当てた。

「はい……宗士朗？　なに？」

『颯季だな』

訝しいと、たっぷりと滲み出ているだろう颯季に応答したのは、宗士朗のものではない男の声で……眉を顰める。

誰だ？　と返すより早く、男の声が続けた。

『俺、……川瀬《かわせ》だが、わかるか？　レストランの店長』

「あ、はい。川瀬さん……」

レストランの店長。宗士朗の『先輩』の顔が浮かぶ。間抜けなことに、今初めて名前を知った。

その人が、どうして宗士朗のスマートフォンから電話をしてくる？

「あの」

不思議に感じた颯季が質問を口にしかけたところで、急いた様子で向こうから理由を語り出す。

『病院だ。宗士朗のやつ、片付け中に店で倒れて救急搬送された。俺は病院にいるから、うちの奥さんを迎えにやる。いいな。焦って勝手に飛び出さずに、家で待ってろよ』

「な……」

絶句《ぜっく》した颯季に、電話の向こうから『聞いてるか。おい』と呼びかけてきているのはわかったけれど、声が出ない。

手が震えて……耳に押し当てていたスマートフォンを、力なく下ろした。

雨の夜。義兄と姉の帰りが遅いことに気を揉み、不安な思いで電話をかけ続けたことを思い出す。

なかなか連絡がつかず、ようやく電話口に出たのは姉でも義兄でもなかった。

事務的な声で『警察のものですが』と語り出した男の声が耳の奥によみがえり……頭の中が真っ白になる。

……怖い。

大の男が倒れて病院に運ばれるなんて、尋常ではない。

もし、宗士朗まで……義兄や姉のように……。

考えたくないのに、どんどん思考がマイナスの方向へと引きずられてしまう。

足元が揺らいでいるみたいで、今の自分がきちんと立っているのかどうかもわからない。

喉がカラカラに渇く。ただひたすら、胸の内側で激しく脈打つ心臓の鼓動だけを感じる。

「さっちゃん？　そーちゃんのお電話、なんて？」

「あ……」

スマートフォンを握ったままの手に、触れながら尋ねてきた昇吾の声で、現実に引き戻された。

ダメだ。ぼんやりしている場合ではない。動揺した姿を見せて、昇吾を不安にさせてはいけない。

グッと拳を握った颯季は、昇吾と目を合わせて口を開いた。

「昇吾、そーしろー……病院なんだって。お腹、痛くなっちゃったのかもね。一緒に行ってくれる？」

「昇吾もいく！」

迷いなく答えた昇吾に、うなずいたところでインターホンが鳴った。ビクッと肩を震わせた颯季は、玄関に目を向けて耳に神経を集中させる。

「颯季くん、川瀬です」

「あ……今、行きます！」

聞き覚えのある女性の声に、そう言えば奥さんを迎えに……と言っていたなと、思い出す。

右手で頬を叩き、しっかりしろよ！　と自分に言い聞かせた。

「行こう、昇吾」

スマートフォンと財布をポケットに突っ込んだ颯季は、昇吾にダウンジャケットを着せて玄関扉を開けた。

ドアの前にいる『先輩の奥さん』の、少しぎこちなく颯季に笑いかけてきた顔が心なしか青褪めて見えるのは、冷たい空気のせいだけではないだろう。

「タクシー待たせてるから、乗って。昇吾くんも。あっ、戸締りを忘れないでね」

戸締り。完全に頭から抜け落ちていた最後の一言に大きくうなずくと、鍵を握って靴に足を突っ込む。

玄関の施錠をして昇吾を抱き上げると、エンジンをかけたまま路上に停車していたタクシーに乗り込み、震える手でシートベルトを装着した。

自分の心臓の音が、やけに大きく聞こえる。

助手席に座って、運転手に話しかけている女性の声もほとんど耳に入らない。

聞きたいことはいろいろあるのに、聞くのが怖い。

もし、命にかかわる状態なら……と縁起でもないことが思い浮かびそうになり、変なことを考えるなと必死で打ち消す。

一言も発することができない颯季に、女性が話しかけてくることもなく……ただひたすら緊張と不安に身体を強張らせて、心の中で「宗士朗」の名前を繰り返した。

《九》

「宗士朗っ！」

医師から、命にかかわるものではないという説明は聞いていたけれど、この目で本人の顔を見るまで安心することはできなかった。

今夜だけは個室だと、教えられた部屋のスライド式ドアを開け、飛び込む勢いでベッド脇に駆け寄る。

白いベッドに横たわっている宗士朗は、点滴が腕に刺さっているのに……立ち竦む颯季を見上げて、能天気に笑いかけてきた。

「よ、颯季。驚かせて悪い。やべ……って思った瞬間、スーッと気が遠くなってなぁ。意識を失うなんて、初めて……」

「笑ってんなよ、バカ！　信じらんね……っ、うー……」

宗士朗の声を聞いた瞬間、目の前が白く霞み……膝から力が抜けた。

床に膝をついてベッドに縋りつき、糊《のり》の利いた白いベッドカバーを握り締める。

宗士朗に半べそ状態の顔を見られないよう、突っ伏して肩を震わせていると、ゆっくりと髪を撫でられた。

「昇吾は?」

昇吾に話しかける時と同じような、静かな口調だ。宗士朗にしてみれば、ぐずる子供を宥めている感覚なのかと一気に感情が昂る。

のん気に、なんなのだ。颯季は、不安で押し潰されそうになっていたのに……へらへらと笑って。

「二人で話してこいって、センパイ……川瀬さんがっ、娘さんと遊ばせるって……引き受けてくれ、てる。なんだよっ、普通に笑ってんなよ!」

ホッとしたせいで八つ当たり気味に憤りをぶつける颯季に、宗士朗は「悪かった」と謝罪を口にして髪を撫で回す手に力を込める。

違う。本当は、宗士朗が謝ることなどなにもない。

数日前から、具合が悪そうだと察していたのに……気まずさのあまり、きちんと向き合わなかった自分が悪い。

無理にでも、病院に行けと背中を押せばよかった。本人の「大丈夫」など、信じるのではなかった。

「医者から聞いただろ？　ちょっと油断して、風邪をこじらせただけだ。体力には自信があったんだけどなぁ……カラカラに乾燥する日本の冬に、身体が慣れてないせいか。年を食ったせいだとは思いたくないな」

「か、風邪だってこじらせたら、死んじゃうことがあるんだっ」

軽い口調が腹立たしくて、髪を撫でている宗士朗の手を振り払った。

軽い肺炎という診断で、様子を見て順調に回復するようなら、二～三日で退院できると聞かされてはいる。

けれど、病院に向かうタクシーの中で颯季がどんな思いをしていたか、宗士朗本人にはわからないのだろう。

義兄や姉だけでなく、宗士朗までいなくなれば……もう立っていられないと、怖いことばかり考えていた。

自ら出て行った時とは違い、世界中を探しても、見つけられない。どこに行っても、どれだけ待っても二度と逢えなくなるかもしれないと思った瞬間、底なし沼に沈んでいくような絶望に包まれたのだ。

なのに、宗士朗は……。

「わ、笑って……っし」

ギュッと両手を握り締めた颯季は、大きく鼻を啜《すす》って顔を上げた。宗士朗と目が合った瞬間、荒波の立っていた心がスッと凪《な》ぐ不思議な感覚に包まれた。

宗士朗が、ここにいる。笑って颯季を見ている。

だから……もう、いい。

「そ、そうしろーまで、死んじゃうかと、怖かっ……た」

「……悪かった。ごめんな、颯季」

ポツリと零した颯季に、宗士朗は目を細めて静かに謝罪する。

もう一度、低く「ごめん」と謝られて、頭を左右に振った。

「もう、っ……いい。生きてここにいてくれたら、それだけでい……っから。好きだなんて言って困らせないし、おれのこと、なんとも思ってなくてもいい。おれと、昇吾のために生きてて」

心に浮かぶまま、かすれた声でポツポツと訴える。

颯季の訴えを黙って聞いていた宗士朗は、じわりと目を見開き……薄っすらと眉間に縦皺を刻んだ。

なに？　険しい表情をされるような、妙なことを言ったか？

颯季が戸惑っていると、宗士朗が惑いを滲ませた声でつぶやいた。

「好きだ……って？」

好き？

宗士朗を、好きだと言って困らせないと……今、この口が言った！

ハッとした颯季は、慌てて首を左右に振って発言を撤回した。

「あ……それは、嘘っ。違う。間違えた。言葉を間違えただけ、だから。忘れてよ」

「おい、困らせ……っつーか、間違えた？　どんな言葉を、そう間違えるんだよ？」

しどろもどろになって逃げようとした颯季の頭を、宗士朗の両手がしっかりと掴む。

顔を背けることも許してくれなくて、落ち着きなく視線をさ迷わせた。

失敗した。勢いに任せて、余計なことまで口走ってしまった。

宗士朗も、聞き流してくれればいいのに……どうしてそんなふうに、颯季を追い詰めようとするのだろう。

困るくせに。颯季が本気で好きだなどと告げれば、やめてくれと目を逸らすに決まっているのに。

想いを秘め続けていた相手と、よく似た顔の……弟のような存在から冗談でなく好きだと言われて、どんな返事をする気だ？

具合の悪い宗士朗に、精神的な負荷《ふか》までかけたくない。回復の足が鈍るかもしれない。

だからはぐらかそうとしたのに、宗士朗は曖昧にすることを許してくれなかった。

「颯季。俺は、頼りにならないと思われているのかもしれないが、諦めたような目をされるのはキツイ。なにが困るって？　今以上に困ることなんか、なにもねーよ」

「……でも」

「言えよ。全部……思っていることを、ぶつけてくれ」

頭を挟み込んだ手に力が加えられて懇願され、白い壁や天井にさ迷わせ続けていた視線を宗士朗に向けた。

真摯な瞳が、ジッと颯季を見ている。

颯季は、宗士朗への想いを心の奥底に埋めていた。鍵をかけて、誰にも見えない場所に隠して……封印していた。

それを宗士朗が探り出し、強引にこじ開けようとしているのだ。

動揺のあまり迂闊にも一端を曝け出してしまった自分と、聞かなかったふりをして許してくれない宗士朗が腹立たしい。

「颯季」

まるで怒っているかのように低く名前を呼ばれ、ビクッと肩を震わせる。

……逃げられない。取り返しがつかないのなら、いっそ曝け出してしまえ。

宗士朗に責任を押しつけて、『だから仕方ない』のだと自分に言い訳をして、絶対に告げてはいけないと心の奥底に押し込めていた言葉をついに舌に乗せた。

「そうしろ……が、好き」

小さな一言が唇から転がり落ちた瞬間、頭の中で『終わった』と、もう一人の自分の声が聞こえた気がした。

とうとう口に出してしまった。言えない、言ってはいけないと抑え込んでいたのに……溢れ出てしまった。

一生、言ってはいけなかったのに。

一度口に出してしまったら、二度と『家族』に戻れないとわかっていたのに。

一度堰が崩れてしまうと、もう抑えることはできなくて。

止めどなく湧き上がる感情を、目の前の宗士朗にぶつける。

「五年前、いなくなる前から、ずっと。家族とか、兄ちゃんなんかじゃない。特別な意味で、好きだった。……おれからこんなの聞かされて、気持ち悪いだろ。ごめん。おれと同じ家に住めないなら、出て行っていいよ。おれは、昇吾と二人で生きていくから……宗士朗はどこかで、あ、でもたまに元気だって葉書ででも知らせてくれれば、それで……」

宗士朗の言葉を訊くのが怖い。

拒絶されても、予想していたから大丈夫だと、宗士朗にも自分にも言い聞かせるように……早口で先手を打つ。

ただ頭の中は真っ白で、途中から自分でもなにを口にしているのか、わからなくなってしまった。

「おい、勝手に話を進めるな」

脈絡《みゃくらく》もなく話し続ける颯季の唇に、宗士朗の指が押し当てられる。言葉を封じられた颯季は、身体を硬くして奥歯を噛んだ。

きっと宗士朗は、突然暴走した挙げ句ブレーキの利かなくなった颯季に呆れている。どんな言葉が続くのか怖いのに、脚に力が入らなくてこの場から逃げられない。

身を硬くした颯季は、審判を待つ心持ちで、宗士朗の声に耳を傾けた。

「俺を、おまえたちの傍から追い払おうとしないでくれよ。路頭に迷うだろ。誰が……なんとも思ってないって？　っと、おまえを責める権利は俺にはないな。……自分を殴りてぇ」

「宗士朗っ、点滴……外れる」

颯季の頭を解放したかと思えば、ガバッと自分の頭を抱えた宗士朗に驚いて、慌てて腕を押さえる。

　その手首を掴まれ、こちらを見据える宗士朗のいつになく強い眼差しに息を呑んだ。

「悪かった。おまえが、どんな勘違いをしているのかはわかってる。最初の、あの夜に……きちんと言うべきだった」

「……なに、を？」

「夏海さんだと思って、颯季を抱き寄せたんじゃない。俺の中では、最初からずっと……颯季しかいなかった」

　颯季と視線を絡ませたまま、宗士朗が少し苦しそうに語る言葉に目を見開く。

　姉を装った颯季に、動揺していたのではないのか？

　颯季が『姉』に見えたから部屋を訪れた時、耐えられなくなったかのように抱き寄せたのでは……。

「メチャクチャ、驚いてたのに？　おれと姉ちゃん、そっくりだって紗羅も泰知も……」

「驚いたのは事実だ。本当に似ていたからな。でも、『似ている』ということに驚いただけで、特別な感情があるわけじゃない。おまえが深読みしただけだ」

　淡々とした口調でそんなふうに言われ、クラリと眩暈に襲われる。

　確かなものだと思っていた足場が、ボロボロと崩落していくみたいだ。

「ど、いうこと？　だって、宗士朗は姉ちゃんが好きで……突然いなくなったのは、昇吾がでてきたってわかってショックだったからじゃないのかっ？　時々、ジッとおれを見てたのも、姉ちゃんに重ねてたんじゃ……」

「あー……やっぱ、そう思われてたのか。そこから間違いだ。俺が逃げたのは、夏海さんじゃなくて……おまえからだ。子供のおまえに、危うい衝動を掻き立てられた自分が怖くて……無様にも、逃げたんだよ」

唖然とするばかりの颯季は、もう声も出せなくて……ただひたすら宗士朗を見上げる。

逃げたのは、姉からではなかった？

夏の、記憶……眠っていた颯季へのキスは、『姉の面影《おもかげ》を重ねた』のではなかった？

「なんだよ、それ！　おれの悩みは、なんだったんだよ。何年も、勘違いで無駄にしたってこと？」

「ガキのおまえに、一回りも年上の俺が色恋を持ち出せるわけないだろっ。今の、昇吾くらいの頃から知ってんだぞ」

憤りを滲ませて、苦悩した日々を返せと口にした颯季に、宗士朗は「俺は、それどころじゃなく懊悩《おうのう》した」のだと吐露《とろ》する。

颯季の手首を掴む指が、ほんの少し震えていて……ヒートアップしていた声のトーンを落とす。

「……なんで、勘違いで姉ちゃんのふりをして暴走したおれを、止めなかったんだ。代わりでもいいから、宗士朗に触ってもらいたいって似合わない女装をして、夜中に押しかけて……動機も行動も、すげーみっともない」

泣きたい気分で、自分のバカな行動を振り返る。

密着したら、骨ばった硬い身体は姉ではないと実感するからキスと抱き締めるだけで踏み止まり、それ以上触れてこないのだと思っていたのに……。

「俺はズルいから、おまえの作戦にわざと乗っかった。おまえに『夢』だって言い訳をもらったのをいいことに、抱き締めて……キスをして、そのあいだも兄貴と夏海さんの顔がチラチラして、罪悪感で死にそうだった」

「家族だって、言ったくせに。家族でないといけないんだ……って、思ったのに。おれのことそんなふうに思ってるなんて、全然気づかなかった」

あまりにも宗士朗が自己嫌悪を滲ませているから、責める気は失せた。それでも、恨み言を零してしまう。

「初めて逢った頃から、おまえのことは可愛かった。姉ちゃんの負担にならないよう、一生懸命で健気で……甘えるのが下手でさ。そんなおまえが、俺には甘えてくれるのがメチャクチャ嬉しくて、可愛くてたまらなくなって……弟みたいな存在に対する庇護欲だって必死で自分に言い聞かせていた。女を抱いても、おまえの顔がチラつくし……重症だろ。あの頃は、それくらいギリギリだったんだよ」

「なんだよ、それ。おれ……」

どう続ければいいのかわからなくなり、口を噤んでギュッと握った颯季の拳を、宗士朗の大きな手が包み込んだ。

「大事だからこそ、俺のものにするべきではないと……おまえに手を出しちゃならんと、昔も今も必死だった。矛盾してるってことは、自分でもわかってんだよ。ただ、『夢』なら許されるって……そうやって自分を誤魔化してでも、おまえに触りたくて堪らなかった。限界だったんだ。五年も経てば、危うい衝動なんか勘違いだと……綺麗さっぱりリセットして弟として接することができると思ってた。なのに、なんでこんな……ますます俺の好みに育ってんだ」

途方に暮れたように語っていたくせに、まるで颯季が悪いみたいな言い方をされて眉を顰める。

考えたこともなかった宗士朗の言葉の数々が、信じられない。

でも、包み込まれた手のぬくもりは現実で……動悸は、激しさを増すばかりだ。

「し、知らないよそんなの。おれが……おれのこと、好み？　姉ちゃんに似ているから、じゃなくて？」

「まだ言うか。こうやってマジマジと見たら、見間違えるほど似てるわけじゃない。造りは似ていても、おまえのほうが凛々しいし……気の強さが目元に表れてる。おまえだって、俺と兄貴が似てるからって惑わされたりしたか？」

「……祐一朗さんに？　そんなの、あり得ない」

チラリと考えたこともない質問に驚いて、勢いよく頭を左右に振った。

宗士朗と義兄は同性で年齢が近いだけあって、確かに颯季と姉の組み合わせ以上に似ている。

だからといって、義兄に宗士朗を重ねて、妙な気を起こしたことがあるかと問われれば、否だ。

「だろ？　おまえと夏海さんは、別だ。昇吾も、おまえはおまえとして、慕っている」

「あ……昇吾、宗士朗の先輩……川瀬さんに預けたままだ」

唐突に現実に立ち戻った颯季は、ハッとして顔を上げる。

焦って膝をついていた床から立ち上がったのと同時に、カラカラと出入り口のスライド扉が開いた。

「盛り上がっていながら、思い出してくれてアリガトウ。いやぁ、このまま始まったらどうしようかと、踏み込むタイミングに悩んでたぞ」

戸口から聞こえてきた川瀬の言葉に、颯季は「すみません」と肩を竦ませる。

宗士朗は、大きく息をついて動揺を感じさせない落ち着いた調子で答えた。

「……なにが始まるんです。さすがに、時と場所は選びます」

「だよな。さすがに、今の宗士朗にそんな余力はないよな」

これは、きっとわざとだ。川瀬は宗士朗の言葉から微妙に方向性をずらして、納得したように笑っている。

「昇吾は、うちのチビと一緒に奥さんがロビーで相手をしてるから心配無用だ。入院の手続きをしていたんだが、身内が書かなきゃならん項目があるから持ってきた」

「あ……すみません。じゃあ……おれが」

バインダーに挟まれた書類を差し出されて、ボールペンを手に取る。いくつかチェックボックスに印を入れて、緊急連絡先と名前を記入した。

立ったままボールペンを走らせる颯季の手元を見ていた川瀬が、あれ？　と不思議そうにつぶやいて首を捻る。

「颯季、松浦《まつうら》姓じゃないのか？　深山？　昇吾は、松浦だよな？」

「おれは、籍が別なんで。姉が結婚した人の籍に、その弟が一緒に……って、ちょっとおかしいじゃないですか」

姉と義兄が結婚した際、よければ颯季も自分の籍に……という話にはなったらしい。ただ、姉が義兄に遠慮して返事を先延ばしにし、中学生になった颯季は選択を任せられたものの自身の意思で辞退した。

姉も義兄も大好きな存在だったけれど、彼らの息子になりたかったわけではないのだ。なにより、二人の実子である昇吾が産まれることがわかってからは、長男の座に自分がつくわけにはいかないと決意を新たにした。

そこまできちんと語らなくても、川瀬は「ちょっとおかしい」というお茶を濁した颯季の説明にうなずいてくれる。

「それもそうか。……同じ家に住んでいて名前が違うのって、不便じゃないか？」

「慣れました。あ、郵便配達の人とかは、たまに困らせちゃいますけど」

颯季と川瀬が話しているあいだ、宗士朗は無言だ。なにやら思案の表情を浮かべていたけれど、

「失礼しまーす。点滴、終わってますよね？　取り替えますから」

と、看護師が入って来たことで場の空気が変わる。

颯季と川瀬に目を向けて、「そろそろ休ませてあげてください」と続けられ、焦った。

「すみません。ごめん、宗士朗。明日、昼間にまた来る」

看護師に頭を下げた颯季は、ベッドの宗士朗に早口でそれだけ言う。

川瀬も、

「しっかり休んで、クリスマスまでには回復してくれよ。俺だけで厨房《ちゅうぼう》に立つとか、想像するだけで過労死する」

と宗士朗に告げて、廊下に向きを変えながら颯季に話しかけてくる。真顔でなにを言い出すかと思えば、予想外のスカウトだった。

「それまで、俺と奥さんで店を回すのかー……颯季さぁ、うちでバイトしないか？　昇吾はうちのチビと一緒に、実家で見てもらえるし。あの二人、今も上機嫌で遊んでいて、相性は悪くなさそうだから心配しなくていいぞ」

川瀬のレストランで、バイト？

飲食店での仕事に、興味はある。野菜を洗ったり切ったりといった、簡単な下準備などの調理補助なら、きっと颯季にもできるとは思うけれど本気なのだろうか？

「えっ、えっと、川瀬さんがよければ、おれのほうからお願いしたいです。けど、おれ……で、役に立ちますか？」

「まぁ、家事能力に関しては宗士朗から聞いているから、全然使えないとは思っていない。あとは……役に立つよう、スパルタ教育してやるよ」

ククク……と、不気味な笑みを浮かべて颯季の背中を叩いてくる。

病室から廊下に出る直前、そろりとベッドを振り返る。宗士朗は、真っ直ぐに颯季を見据えていて、カーッと首から上が熱くなる。

あんなふうに見られていたなんて、知らなかった。

家にいる時も、颯季が気づかないだけでこんなふうに見られていた？　いつから、宗士朗の目は『颯季』に向けられていたのだろう。

今更ながら、ドキドキする。さっきの会話が、少し遅れて現実感を伴い、一気に押し寄せてきたみたいだ。

恥ずかしさのあまり目を合わせていられなくなり、顔を伏せて小さく手を振ると、廊下に出て扉を閉めた。

隣に立つ川瀬に、「耳まで赤いぞ」とからかわれて、手のひらでゴシゴシと擦った。

今の颯季の顔は、傍から見てもわかるくらい赤くなっているらしい。

「……家族愛と混同するなよって、宗士朗を諌《いさ》めるつもりだったんだけどなー。おまえらを見てたら、他人の俺が勘違いだろなんて……言えないか」

外来診療が終わっているせいで、照明が絞られた静かな廊下を歩きながら、川瀬がポツリと口にした。

颯季の耳には明確に届いていたけれど、なにも言い返せない。

家族愛と混同？

長く抱えた宗士朗への感情は、そんなふうに簡単な言葉で表せられるものではない。

家族に対する純粋な愛情でもあり、それとはまったく違う生々しい情欲を含んだものでもあり……。

一緒にいれば穏やかな気分でいられるのに、ふとした弾みに炎のような情動を掻き立てられたりもする。

この想いをどう言い表せばいいのかなど、颯季自身にもわからない。

川瀬は颯季の答えを求めていたわけではないらしく、それ以上なにを言うでもない。

二人とも無言のまま肩を並べて、楽しそうに話している昇吾と女の子の声が聞こえてくるロビーへと歩を進めた。

《十》

　ステッキや星、雪に見立てた綿……様々なオーナメントを飾りつけ、電飾を巻きつける。ほんの一時間足らずで、無機質な『プラスチックの樹』だったものが、華やかなクリスマスツリーに変身した。

　残るは、メインの飾りであるツリー天辺の大きな星だ。

「そーちゃん、最後のお星さま！」

「はいはい、抱っこさせていただきますよ王子様」

　金色に輝く星飾りを手にした昇吾は、宗士朗に両手を伸ばして抱き上げるようにせがむ。宗士朗は冗談めかして答えると、ひょいと昇吾を抱き上げた。

　颯季ではなく、上背のある宗士朗に抱き上げるよう要求するあたり……子供は正直だ。

　すっかり蚊帳《かや》の外に置かれた颯季は、複雑な思いで、宗士朗に抱かれてはしゃぐ昇吾を見上げる。

「できた！　ピカピカは？」

「電気は、暗くなってからね。明るい時につけても、つまんないだろ」

「んー……」

床に下ろされた昇吾は、颯季の言葉に首を左右に振り、頬を膨らませて電飾のスイッチを入れた。が……やはり、窓から日光が差し込む時間に電気を点けても光が目立たなくて、つまらなかったらしい。

仕方なさそうにスイッチを切り、「暗くなったらまたピカピカする」と飾りつけが完成したクリスマスツリーを見上げた。

「キレー！」

「うん、すごくキレイにできたね。宗士朗、疲れてない？　退院してすぐに、バタバタしちゃって……」

昼過ぎに退院した宗士朗は、帰宅するなり昇吾にせがまれてクリスマスツリーの飾りつけに強制参加させられたのだ。

大丈夫かと表情を曇らせて尋ねた颯季に、「全然」とケロリとした顔で答えた。

「たっぷり寝ていたせいで、逆に身体が痛い。めちゃくちゃ元気だぞ。今すぐでも、働けるんだけどなー」

救急車で運ばれるという派手な入院の仕方だったわりに、二日という短期間で退院した宗士朗は、今週いっぱいの自宅療養を川瀬に命じられて不満そうだ。

「無理してまたダウンしたら、って想像してみなよ。クリスマス本番前に、きちんと治してほしいだろうし」

「……ベッドに逆戻りしたら、怒られるっつーか……罵倒《ばとう》だな。仕方ない。しばらく家に引き籠るか。あ、家事は俺にさせてくれよ。これ以上ゴロゴロしていたら、腐る」

肩を回しながらぼやく宗士朗は、本人も口にするように『元気』にしか見えなくて、軽口にホッとする。

「晩ご飯、川瀬さんがテイクアウト仕様で用意してくれたから。ホワイトシチューのポットパイと、オムライスにミニハンバーグ。……昇吾が好きなものばかりだ」

「シチューも、オムライスもハンバーグも、全部好き！」

両手を上げて肯定した昇吾に、颯季は「いいなー、昇吾」と笑って頭を撫で回した。

宗士朗が退院する際、川瀬は病院から家まで車で送ってくれた上に、夕食にしろと温めるだけでいい状態の食事を置いて行ってくれたのだ。

細かな気遣いがありがたい。

「親切過ぎて怖いなー。メチャクチャこき使われそう」

宗士朗は冗談めかしてそう口にしたけれど、「マジで世話になったから、普通に働くだけじゃ恩返しにならんなぁ」と神妙に続ける。

確かに、川瀬にはどうお礼をすればいいのかわからないくらい、宗士朗だけでなく颯季や昇吾まで世話になった。

「おれも、なにか考えておく。ただ働きとかじゃ、お礼にならないし」

「そんなこと言い出したら、俺の心遣いをなんだと思ってんだって怒られるぞ。んー……簡単じゃないな」

どうすれば、恩に報いることができるのか……宗士朗も容易には思いつかないらしい。

二人で、じっくり相談するべきか。

「今日は少し早くご飯を食べて、ゆっくりとお風呂に入ろう」

「そーちゃんと、お風呂入る！」

「よし、昇吾に背中を洗ってもらうか」

昇吾と一緒に入浴したのでは、宗士朗はゆっくりできないだろう……と思ったが、楽しそうな二人の様子を見ていたら水を差すことは言えなくて、颯季は苦笑を滲ませた。

その後、久々に宗士朗と共に囲んだ夕食の席が余程楽しかったのか、始終ハイテンションではしゃいでいた昇吾は、風呂から出るなり電池が切れたように眠り込んでしまった。

クリスマスツリーの点灯式をすると言っていたし、興奮しすぎてなかなか眠ってくれないのではないかと心配していたが、一安心だ。

ソファで寝入った昇吾を和室に移動させた颯季は、リビングに戻ろうとして入り口で足を止めた。

当たり前のように、リビングのソファに座って新聞を読んでいる宗士朗の姿が目に映り、ホッとする。

「颯季？　どうした？　動かした弾みで目を覚ました昇吾に、ぐずられたか？」

颯季が立ち止まっているせいか、怪訝《けげん》そうな顔をした宗士朗がこちらに顔を向けてくる。新聞を畳んでソファの隅に置き、「来い来い」と手招きをされた。

迷いは、数秒で……ソファに腰かけている宗士朗の脇まで、ゆっくりと歩を進めた。

足を止めたきり、なにも言えずにいる颯季の顔を覗き込んだ宗士朗が、「おい？　なんか言えよ」と微笑む。

その笑みを目にした瞬間、不意に、泣きたいような頼りない気分が込み上げてきて焦った。颯季は、軽く頭を振って瞼の震えを誤魔化すと、意図的に明るい声で宗士朗に答える。

「大丈夫っ。はしゃぎ疲れたみたいで、ぐっすり眠っている。……明日、保育園に行かずに宗士朗といるって言い出しそうだなぁ」

「ま、そうなったらそうで、あいつの好きにさせてやるよ」

昇吾を甘やかす宗士朗に、文句は言えない。宗士朗の姿が家にないことで、昇吾が淋しがっていたことを颯季は誰よりも知っているのだ。

宗士朗はもうすっかり、この家にいるのが当然の存在になってしまった。むしろ、いてくれないと困る。

「湯冷《ゆざ》めしないうちに、布団に入ったほうがいいよ」

気まずさを誤魔化したくて、ぎこちなく宗士朗から視線を逸らした。近くにいたら、自分がなにを口走るかわからない。

二人きりになったのは、宗士朗が入院した直後の病室以来だ。

颯季も宗士朗も、あの時のやり取りを忘れたように振る舞っているけれど……本当に忘れているわけではない。

「寝飽きた」

「寝られなくても！　昼まで病院のベッドにいた人間が、どんなに元気をアピールしても、説得力が……」

リビングから追い出そうした颯季の言葉は、宗士朗に手首を掴まれたせいで不自然に途切れてしまった。

心臓がドクンと大きく脈打ち、意図せず身体が強張る。

「元気っつーか、いろいろ有り余っているんだけどな。……証明させろよ」

「証明？　って、なんのこと……宗士朗っ」

宗士朗に強く手を引かれて、ソファに乗り上がる。怯む颯季に、お構いなしにどんどん距離を詰めてきて、ズルズルとソファの上を後退する。

湯冷めするどころか、颯季の腕を掴む宗士朗の手は熱いくらいだった。

「病院にいるあいだ中、積年の妄想がグルグル駆け巡って、ヤバかった。やっと二人きりになれたんだ」

「……冗談っ。腕に点滴の跡をつけた人間が、なに言ってんだよっ」

寄せられる端整な顔を押し戻そうとしたが、抗えない力で掴まれて手のひらに唇を押しつけられる。

ビクッと腕を震わせた颯季を目にした宗士朗は、笑みを深くして口を開いた。

「だから、完全回復を証明させろって。グダグダ言って逃げるなら、実力行使するぞ。いい加減、限界なんだ。遠慮はやめだ」

キッパリ宣言した通り、逃げようとする颯季に苛立ちを隠そうともしない。

颯季は、息がかかりそうな位置まで迫ってきた宗士朗からなんとか顔を背けると、必死で訴えた。

「ま、待て……ここ、リビング。わかったからっ、ここはヤダ！」

「ここじゃなければいいんだな。上で、待ってる。……『颯季』を、待つからな」

颯季の言葉の揚げ足を取り、最後の一言で念を押した宗士朗は、圧《お》し掛かっていた颯季からあっさりと身体を起こしてソファを下りた。

唖然とする颯季を見下ろして、真顔で背中を屈める。顔の上に影が落ち、ビクッと肩を震わせた。

「なにがあっても、逃がさねーから。俺はもう、腹を括った。おまえも、覚悟ができたら来いよ。……来なくても、怒らねぇから」

ポンと颯季の頭に手を置いて屈めていた背を伸ばし、大股でリビングを出て行く。

一人ソファに残された颯季は、呆然とつぶやいた。

「なに、開き直ったみたいに……」

腹を括った？　覚悟ができたら？

宗士朗は、自分たちから離れていた二日間で、なにもかも吹っ切ったような顔で笑えるくらい『覚悟』を決めたということだろうか。

「じ、自分はたっぷり考える時間があったからって……ズルい」

颯季自身の意思で、『颯季』として宗士朗の部屋を訪ねてこいと言われてしまえば、一切の誤魔化しが利かない。

追い詰めたくせに、来なくても怒らないなどと逃げ場を残そうとするのも……大人のズルさだ。

今すぐ強引に手を引かれれば、宗士朗のせいにできるのに。

「それが、覚悟を決めろってことか」

ただの家族ではなくなる。自分たちの関係を進めることは、今後も含めて簡単ではないとわかっている。

颯季の意思を問い、決意の固さを自身でも再確認した上で宗士朗に示せということか。

「そんなの、とっくに……決まってる」

宗士朗を好きだと、一生言えなくても『家族』として傍にいることを選択した……つもりだった。

それなのに、『家族』ではない……もっと深い特別な関係になれるのなら、伸ばされた手を拒む理由などない。

誰に蔑《さげす》まれても、この望みがどんなにエゴイスティックだとしても……颯季は、宗士朗が欲しい。

たとえその結果が、昇吾を傷つけることになったとしても、もう引き返せない。姉にも、義兄にも顔向けできないとわかっているけれど、昇吾と宗士朗を天秤《てんびん》にかけることもできないくらいどちらも大事なのだ。

「天国で二人に逢ったら、謝る……のも無理かもな。おれは、地獄行きかな」

我欲はそれほど強いと、自嘲の笑みを滲ませる。

自分でも宗士朗への執着心は怖いくらいで、覚悟を決めろなんて今更だ。

逃がさないなどと、言われるまでもない。

「おれの想いは、宗士朗が考えているほど軽くないからな」

垣間《かいま》見《み》えた大人の男としての『本気』に、ほんの少し怯んだことを隠してつぶやくと、強く拳を握った。


大きく息を吸い込んで、閉じたドアに拳を打ちつける。

コンと一度……二度目の前に、内側からドアが開かれた。戸口に立ち塞がる宗士朗を見上げた直後、大きな手が伸びてきて、反射的に肩を竦ませる。

「……髪が生乾きだ」

「ドライヤーかけたけど、途中で、もういいやってなった。放っておいても勝手に乾く」

髪に触れて湿気を指摘されたが、気にしないでいいと宗士朗の手を掴んで髪から引き離した。

宗士朗がリビングを出て行ってから、ふわふわした気分を落ち着かせるためにシャワーを使った。宗士朗に触れてもらおうという、覚悟を示すためでもある。

宗士朗の手を握ったまま、視線を逸らすことなく真っ直ぐに見上げている颯季の想いは、明確に伝わったらしい。

宗士朗は小さく息をついて颯季を室内に引き入れると、静かにドアを閉めた。

「電気……」

「消さないからな。暗闇は必要ない」

颯季が、姉の代わりのつもりでここを訪れていた時は、必ず照明を落としていた。でも今は、闇に紛れる理由はないだろうと言外に諭される。

そんなふうに言われてしまうと、消してくれと頼めなくなる。

理由が、恥ずかしいからだなんて……可愛げのある台詞は、意地っ張りな颯季にはますます言えない。

「この前も言ったが、夏からの数ヶ月で育ったよな。若いっていいなぁ」

「……どんどん男になるって、ガッカリした？　年が明けて、春になる頃には、姉ちゃんの服も着られなくなるかも」

「まさか。初めて逢った頃の颯季から、かけ離れればかけ離れるほど……罪悪感が薄くなって、ありがたいね」

そんな言い方で颯季を安堵させた宗士朗は、躊躇いなく颯季が着ているパジャマを剥ぎ取っていく。

あっという間に身を隠すものがなくなり、全身で感じる宗士朗の視線に唇を噛んだ。

「ず、ズルい。おれだけ、こんなの。宗士朗も……脱がしてやる」

気恥ずかしさを振り払いたくて、キッと睨みつけた颯季は、両手を伸ばして宗士朗のパジャマを掴んだ。ぐいぐいと襟元を引っ張り、我ながら色気の皆無な動きでボタンを外す。

上着を落とし、下着と一緒にパジャマのボトムに手をかけて引き下ろした。さすがに下半身を直視することはできずに、視線を逸らし気味になってしまったが、頭上からは宗士朗の声が落ちてくる。

「……男らしいな、颯季」

それは感情が窺えない声で、どんな顔をしているのか見てやりたいのに……目を合わせられない。

「実際に、男だからな」

言い返した颯季の言葉は、予想外に無愛想なものになってしまったけれど、宗士朗は無反応だった。

「ぅわっ、予告して動けよっ」

言葉がないまま肩を掴まれ、敷かれていた布団へと少し強引に押し倒されて、抗議の声を上げた。

睨みつけようとした颯季の顔に、影が落ちる。颯季の頭の脇に手をついて覆い被さった宗士朗の顔が、思いがけず至近距離にあった。

その表情は、真剣なもので……それ以上の言葉が出てこなくなる。

「おまえが男でよかったよ。女だったら、さすがにこんなふうに一緒に暮らせないだろうし……世間様に、余計な言い訳をしなくて済む。下手したら、俺は犯罪者だ」

「……男でも、犯罪者には変わらないんじゃないのか？　十八歳……はセーフかもしれないけど、おれのこと、中学生くらいの時からそういう目で見てたんだよね？」

「ぅ……そこは、まぁ……そうだが、見逃してくれるとありがたい」

しどろもどろに口にした宗士朗に、颯季は「ははっ」と笑って両手を伸ばした。

大胆で強引かと思えば、一応大人としての分別が残っていたらしい。

「大丈夫だよ。当事者のおれが、そうしたいって言ってんだし……二人だけの秘密なら、誰にもわかんない」

宗士朗の首に腕を巻きつかせ、だろ？　と続けた颯季に苦笑を浮かべた宗士朗は、小さく息をついて口を開いた。

「俺にだけ都合がいい、悪い子だなー……」

「宗士朗だけじゃない。おれも、同じだ。本当は止めなきゃならないのに、病み上がりの人間を拒めないくらい……なんか、もう限界」

宗士朗の頭を引き寄せて、口づけを求める。宗士朗はなにも言うことなく、颯季の願いを叶えてくれた。

「ん……、ぅ」

どうしよう。ほんの少しの接触なのに、頭の芯がとろりと溶けそうなほど気持ちいい。

宗士朗のキスが、気持ちいいのは知っていたけれど……これまでのものとは、なにかが違う。

姉に対するものではなく颯季へのキスで、颯季も『颯季』として受け止めていいから、自制する必要がなくて……。

「ぁ、ッ……んんっ」

宗士朗の全部が、自分のものなのだと思った瞬間。背筋を、ゾクゾクと歓喜の震えが這い上がった。

どうしよう。ダメだ。キスだけなのに、もう……あっという間に身体の熱が上がる。

恥ずかしいのに、次々と湧き上がる熱を止められない。

颯季が戸惑いつつも昂揚していることは、密着している宗士朗には丸わかりだったらしい。

「すげーな、颯季。俺に触られるの、そんなにいい？」

「っ、聞くな！　デリカシー……ないっ」

背中を叩き、無神経な発言を咎める。颯季は怒っているつもりなのに、宗士朗が嬉しそうに笑うからますます恥ずかしい。

「触るの、我慢していた分……気が済むまで触り倒してやる。嫌なら止めろよ」

そう言いながら大きな手が肩を掴み、スルリと背中を撫で下ろす。颯季は、ビクッと身体を震わせて宗士朗と視線を絡ませた。

「ン……止めて、止まるのか？」

「さぁー……なぁ？　約束はできねーけど」

「じゃあ、言うな。バカッ」

軽い口調と余裕の滲む笑みが、憎たらしい。睨みつけて「バカ宗士朗」と繰り返す。

意地悪く、焦らされている気分だ。肌がビリビリして、触ってほしくてたまらないのに
……颯季だけ、余裕をなくしている。

「睨んでもバカバカ言っても、可愛いだけだな。あー……ちょっとクールダウンするつもりだったのに、ダメだな。おまえ、俺を煽る天才だろ。手加減も、遠慮も、気遣いも……吹き飛ばす気か？」

「……全部、いらない。おれのなにが、そうできるのかわかんないけど……木端微塵《こっぱみじん》にしてやる」

宣言して、唇を重ね合せる。宗士朗に倣って舌を口腔に潜り込ませると、ぎこちなく舌先で粘膜をくすぐった。

不器用なキスだと自分でもわかっているけれど、夢中で濡れた舌を絡みつかせて宗士朗の身体に手を這わせる。

厚い肩、太い腕……筋肉の張り詰めた胸元に、薄く浮き上がる腹筋。なにもかもが自分とは違い、妬ましくて羨ましくて、ドキドキする。

「俺にも触らせろよ」

「あ……でもっ、ン」

宗士朗に触れられてしまうと、颯季が宗士朗に触れる余裕がなくなる。だから、もう少し待ってくれと言いかけた唇を塞がれて、言葉を封じられた。

大きな手が肌を撫でるのに、ドクドクと心臓の鼓動が際限《さいげん》なく加速していく。

顔も、身体も、全身が熱くて吐息が喉を焼くみたいだ。

「ぁ、ア……っ、そ……れ」

「脚を閉じんなって。見せろ。触らせろ」

反射的に脚を閉じかけたことを咎められ、膝の上あたりをグッと掴まれて、強引に左右に割られる。

見られているのがわかる。キスと、少し触れられて……宗士朗に触れただけで、昂らせていることを隠せない。

「へぇ……思ったより子供じゃなくて、ちょっと安心した」

「どこ見て、言ってんだっ。ッ……もう、信じらんね……」

泣きたいくらいの羞恥《しゅうち》に惑う颯季をよそに、宗士朗はクッと笑って指先で屹立に触れてくる。

年上の余裕を漂わせる宗士朗に腹が立つ、のに……この指に触れられると、すぐさま頭の中が真っ白になる。

脳が快楽だと認識する前に、身体が勝手に暴走しているみたいだ。

「っん、ぁ……や、だ。すぐ、イ……きそ。おればっかり、ゃ……めっ」

身体を捩っても、宗士朗は解放してくれない。

いつも余計なことを言うくせに、無言で指を絡みつかせて……わざと、濡れた音を颯季に聞かせようとしているみたいだ。

鼓動と一緒に熱が膨れ上がり、限界まで張り詰めて……パチンと弾ける。

「ゃ、ヤ……っあ！　ぁ……ッ、は……っ、はぁ……ッ、ヤダって、言った……のに」

腕で顔を隠した颯季が、荒く息をつきながら責めると、宗士朗はシレッとした調子で返してくる。

「約束はできねーって言っただろ。これで終わりじゃないからな。悪いが、冗談じゃなく止まらねぇ」

「ここで、止められたほうが……怒るからな」

そろりと顔の上から腕を外して、宗士朗を睨み上げる。

颯季と視線を絡ませた宗士朗は、少しホッとしたように「ああ」と短く答えて指を脚の奥へ滑り込ませてきた。

いつの間に用意して、どこに隠してあったのか、明らかに潤滑《じゅんかつ》を目的としたジェル状のものを指に纏っている。

そのせいで、長い指は、ほとんど抵抗なく粘膜の内側に潜り込んできて……。

「ン……」

ビクッと腰を震わせた颯季は、震える息を吐いて力を逃がす。

同性が、どこでどうするのか……知識としてはある。

宗士朗への想いを自覚してから、一度も想像しなかったと言えば、嘘で……こうして、現実になっているのが不思議だ。

宗士朗だから、未知の感覚も怖いと思わない。ただ触れられるよりも、深く……この身で宗士朗を感じられる術があることが、喜ばしいくらいだ。

限界だと、余裕がないと言いながら、颯季を気遣う指がもどかしい。

「宗士朗、もう……それ、いい。指じゃ、嫌だ」

「でも、まだキツイだろ」

「い……い、から。宗士朗が欲しいのが、上回ってて……っ、も、泣きそ……」

感情を逃がす場がなくて、上擦った声で訴えながら「早く」と急かす。

大きく息をついた宗士朗が、指を引き抜いた。代わりに押し当てられたものは、指とは比較にならない質量と熱で……ざわりと総毛立つ。

「息を、詰めるなよ」

衝動を抑え込もうとしていることが伝わってくる低い声が耳に届いた。颯季がコクコクと小刻みにうなずくと、もう言葉もなく身体を重ねてくる。

「ん……ぁ、ぁ……ッ！　入っ……て、く……」

苦しい。でも、もっと欲しいと心身が渇望している。

熱くて、熱くて……颯季の身体のあちこちに散らばっていた熱が、圧倒的な存在に引き寄せられるかのように集約する。

必死で荒い息を繰り返し、どれくらい時間が過ぎたのか……宗士朗が動きを止めた。

汗で額に張りつく前髪を大きな手に掻き上げられて、きつく閉じていた瞼を押し開く。

「ぜん……ぶ？」

「ン、まぁ……半分以上は。悪い、苦しいだろ」

「へーき。い、い……よ」

宗士朗が、熱っぽく潤んだ瞳で見下ろしてくる。

手を回した背中も、熱くて……密着した胸元から伝わる鼓動も、颯季と同じくらい忙しないもので。

同じ熱を感じているのだと体感するだけで、快さが苦痛を凌駕《りょうが》する。

「いい、から。も……っと、全部。宗士朗……そうしろ……っ」

まだ、受け入れ切っていないのなら……もっと、なにもかもすべてをぶつけてほしい。

遠慮とか、気遣いとか……いらない。

ただひたすら、宗士朗が欲しいだけだ。

「も、っと……欲し、い。宗……士朗っ」

「っ、くそ……颯季っ」

颯季の頭の脇で、宗士朗がギッと歯を食い縛ったのがわかる。

なにかを振り払うかのように大きく息を吐き出した次の瞬間、痛いほど強く抱きすくめられる。圧迫感が増して、颯季が望んだ「もっと」と「全部」が叶えられたことに、言葉にならない悦楽が全身に満ちた。

「あ、ア……ッ、ン！」

身体を激しく揺さぶられて、奔流《ほんりゅう》に押し流されないように夢中で広い背中にしがみついた。

感じる。宗士朗の熱が、内側から颯季の理性を焼き尽くそうとしていて……ギュッと閉じた瞼の裏側が白く弾ける。

「そ……しろ、もっ、離れな……で」

「ああ。……離せねぇよ……颯季」

答えながら耳朶《じだ》に齧りつかれ、鈍い痛みが走る。そうして、所有印を刻もうとするかのような執着をぶつけられることが、嬉しい。

宗士朗のすべてを自分のものにしたくて、全身でしがみつく。

「出し、って……ナカ、全部……っ、ほし……ぃ」

「ン……バカ、颯季……ッ」

自分でもなにを口走っているのかわからなくて、夢中で訴えた颯季に、宗士朗が苦しそうに名前を呼んで応える。

宗士朗が、ここにいる……身体中で存在を感じることの幸せを、決して逃がさないように両腕の中に抱き締めた。

□□□

部屋の中が、明るい。

それも、ぼんやりとした早朝の光ではなく……て。

「朝っ！　昇吾……」

随分と寝坊してしまったのではないかと、ハッとして飛び起きようとした。が、ほとんど身体が動かない。

「え……あ、れ？」

かろうじて寝返りを打った颯季は、視界に映る布団の柄が見慣れたものではないことに気づいて、目をしばたたかせる。

これは、宗士朗の……。なんで？

そう疑問が思い浮かんだと同時に、ドアが開いて宗士朗の声が聞こえてきた。

「おっと、起きたか。そろそろ声をかけようと思ってたんだ」

「あ……昇吾は？　今……何時？」

パジャマ姿ではなく、外から帰ってきたばかりのようにデニムパンツとシャツ、ダウンジャケットまで身に着けている。

颯季は、どうして自分がここで寝ている？　と疑問に思いつつ、昇吾のことを問いかけた。

ドアのところでダウンジャケットを脱いだ宗士朗が、布団の脇に腰を下ろしながら答える。

「ここで開口一番に出る名前が、昇吾かよ。仕方ないけど、昨夜は俺だけのものだったのにと思えば、ちょっと複雑だなー……」

苦笑して颯季の髪に触れてきた宗士朗の指が、額をかすめる。

ひんやりとした指先とその台詞で寝惚けていた脳が覚醒したらしく、昨夜の記憶が一気に押し寄せてきた。

瞬時に顔面に熱が集中して、「あ」と口元を手で覆う。

絶句する颯季を見下ろした宗士朗は、ククッと笑って颯季の頬を手のひらで撫でた。

「昇吾は、朝食を食わせて保育園に送ってきた。お休みするか？　って聞いてみたけど、クリスマス会のお遊戯《ゆうぎ》の練習があるから休みたくないんだと。まぁ……おかげで、遠慮なく二人きりを堪能《たんのう》できるな」

「そっか。学校も、ほぼ自由登校だし……はぁ……」

こうしてゴロゴロしていても問題ないと知った途端、身体の重さが増す。

でも、本来休息が必要なのは、自分より宗士朗のほうだ。

「ごめん。昇吾の朝ご飯と、保育園の送り……宗士朗にさせちゃったんだな。身体、休めないといけないのに」

病み上がりの人間に色々と任せて、のん気に寝こけていたのかと、自己嫌悪のあまり深いため息をつく。

宗士朗を見上げて謝った颯季に、当の宗士朗は満足そうに笑うのみだ。

「俺は大丈夫だって……体感したんじゃないか？　おかげで、充電完了だ」

「う……それは……そう、かも」

確かに、宗士朗の体力は十分回復しているようだと、我が身で知ってしまった。それでも、完全回復という言葉は疑わしい。

「調子に乗ったら、また熱が出るんじゃないの？　ちょっとでも、身体を休めたほうがいいと思うんだけど」

「……じゃあ、お言葉に甘えてお邪魔します。っと、下だけ脱ぐか」

デニムパンツを素早く脱ぎ捨てた宗士朗が、布団を捲って潜り込んでくる。

身体を休めろとは言ったが、今すぐ自分の隣に入ってくるとは思わなかった。でも、追い出すわけにもいかず……自然な仕草で絡みついてきた腕に、眉を顰める。

「うわっ、冷た……っ。身体を冷やすなよっ」

き締める。
寒い、冷たいと文句を言いつつ、だから離れろと突き放すのではなく宗士朗の身体を抱

そうして自分の体温を分けようとする颯季に、宗士朗は「ぬくい」と嬉しそうに笑い、颯季の背中を抱き返しながら尋ねてきた。

「朝食、昇吾のリクエストに応えてピザパンだけど……ブランチにしてもいいか？」

「ん……スープも、用意する……」

宗士朗の腕に抱かれて密着していると、とろりと意識が薄くなってきた。

冷たいとか、どうでもいい。たとえようのない安堵感に、全身が包まれている。

「なぁ……颯季。暇だから、病院のベッドでいろいろ考えてたんだけどさ」

「ぅ……ん？」

宗士朗の低い声は、まるで子守唄だ。

真面目な声で、なにか話しかけてきている。きちんと聞かなければならないのに、瞼が落ちそうになる。

「今すぐ決めなくてもいい。おまえの心の整理がついたら、でいいから、頃合いを見て……おまえも『松浦』になるか。昇吾と、おまえと……俺と、全員同じ籍に入るっていうのは、どうだ？　折角《せっかく》ひとつ屋根の下にいるんだから、名前がバラバラなのはなんとなく

もったいないだろ」

「う、うん……」

「颯季？　今のは、どっちの返事だ……って、寝落ち寸前かよ」

なんとか相槌を打った颯季に、宗士朗が身体を動かして顔を覗き込んでくる。

そこで、颯季の目がほとんど開いていないことに気づいたのか、苦笑交じりの声で「仕方ないなぁ」とつぶやいて、再び颯季を胸元に抱き込んだ。

大きな手に、後頭部を包み込むようにして触れられている。気持ちよくて、瞼が完全に閉じてしまう。

「まぁ、いいか。時間はたっぷりある」

額を押しつけた胸元からは、鼓動が伝わってきた。

さらさら……髪に触れてくる手も心地よくて、身体がふわふわ浮かんでいるみたいだ。

「好……き、そうしろ」

絶対に、言ってはいけない……言えないと思っていた。

でも、今はもう、いつでも口に出すことのできる言葉をポツリとつぶやく。

「……俺は、愛してるぞ」

そんな宗士朗の声が聞こえてきたような気がするけれど、確信はない。

優しく全身を包み込む、宗士朗のぬくもりを感じながら、颯季の意識は甘美《かんび》な眠りに落ちた。

■あとがき■

こんにちは、または初めまして。真崎《まさき》ひかると申します。この度は、『彼とチビとひとつ屋根』をお手に取ってくださり、ありがとうございました！

お久し振りです……のショコラ文庫さんは、己《おのれ》の好みをギュッと詰め込んだ一冊になってしまいました。年下の受が可愛すぎて、肝心《かんじん》なところでヘタレになるいい年した攻は、大好物です。ビビるなら、手を出さなければいいのに……とツッコミつつ(笑)。なにより、最近のチビさんは強いですね！　小学校低学年の甥《おい》に、論でも食事量でも既に負けている感のある私は、あの高性能なコミュ力を少しでもお裾分けしてもらったほうがいいのでは……と、真剣に悩み中です。人にも物事にも一切物怖《いっさいものお》じをしない甥っ子を、後ろから「ま、待って。それはちょっと」と引き留めようとするので精いっぱいです(苦笑)。

大変、お世話になりました＆ご迷惑をおかけしました、北沢《きたざわ》きょう先生。格好よくて可愛い宗士朗《そうしろう》や颯季《さつき》、昇吾《しょうご》をありがとうございました！　いろいろとお手数をおかけしました……。なのに、素敵なキャラ達を本当にありがとうございます。

担当F様には、心底「ごめんなさい」としか……手のかかるダメな大人で、申し訳ございません。毎年、夏になると使いものにならないダメ人間なのですが、今年の夏は例年に輪をかけて酷《ひど》かったと自省《じせい》しております。年々、押し寄せる熱波と年波に押し流されて溺《おぼ》れそうになっていますが、が……頑張って大波を乗り越えたいと思います。お世話になりました。ありがとうございました。今後とも、よろしくお願い申し上げます。

ここまでおつき合いくださり、ありがとうございました！　少しばかり変則的な家族のカタチですが、ちょっぴりでも楽しんでいただけましたら幸いです。

では、簡単なご挨拶のみですが失礼いたします。また、どこかでお逢いできますように。

二〇一八年　ようやく夏の終わりが見えてきました　真崎ひかる

初出
「彼とチビとひとつ屋根」書き下ろし

CHOCOLAT
BUNKO

この本を読んでのご意見、ご感想をお寄せ下さい。
作者への手紙もお待ちしております。

あて先
〒171-0014 東京都豊島区池袋2−41−6 第一シャンボールビル 7階
(株)心交社　ショコラ編集部

彼とチビとひとつ屋根

2018年10月20日　第1刷

著　者:真崎ひかる
発行者:林 高弘
発行所:株式会社　心交社
〒171-0014 東京都豊島区池袋2−41−6
第一シャンボールビル 7階
(編集)03-3980-6337 (営業)03-3959-6169
http://www.chocolat_novels.com/
印刷所:図書印刷 株式会社

不実の従者と狼の花

綾ちはる
イラスト・Ciel

「ウェアウルフって知ってます？」

十二歳で息苦しい実家を飛び出し約十年、気ままに過ごしていた千里の下に実家から使いがやってきた。使いの名はアキル。家督を継いだ双子の兄に仕える侍従であり、千里の初恋相手だった。彼に連れられて戻った故郷で、千里は自分が人狼であることを思い出す。訳も分からないまま、兄の命によりアキルの監視下で実家に滞在することを強いられた千里は、ある満月の夜に初めての発情期を迎え——。

CHOCOLAT BUNKO

好評発売中!

もふもふ歳の差ラブ♥

しっぽが好き?～夢見る子猫～

真崎ひかる　イラスト・小椋ムク

特殊絶滅種研究所で幼獣飼育のアルバイトをすることになった千翔は、憧れの研究者と同じ名前の幻獣医・蒼甫と出会う。彼の露骨な子供扱いに千翔は反発するが、培養菌による混合汚染で幼獣達に似た尻尾が生えた時、蒼甫は「俺がなんとかしてやる」とぎゅっと抱きしめてくれて…。

やっ、根元のほう……握んないで!

しっぽだけ好き?～恋する熊猫～

真崎ひかる　イラスト・小椋ムク

特殊絶滅種研究所で偶然出会った笠原と、彼が抱いていたレッサーパンダに興味を持ち、珠貴はコネで彼の雑用係になる。だが笠原を買収しようとしていると誤解されてしまう。珠貴は誤解を解くため、半獣化の危険のあるコンタミを行うとふさふさの尻尾が生え…。